FOLIO JUNIOR/**ANIMORPHS**

Même le livre se transforme !
Faites défiler rapidement
les pages et regardez...

Déjà parus dans la série

ANIMORPHS

1. L'INVASION
2. LE VISITEUR
3. L'AFFRONTEMENT
4. LE MESSAGE
5. LE PRÉDATEUR
6. LA CAPTURE
7. L'INCONNU
8. L'EXTRATERRESTRE
9. LE SECRET
10. L'ANDROÏDE
11. L'OUBLI
12. LA MENACE

Pour en savoir plus,
rendez-vous à la p. 217

K. A. Applegate

LA MENACE

Traduit de l'américain
par Nicolas Grenier

ANIMORPHS

FOLIO JUNIOR/GALLIMARD JEUNESSE

Pour Michael

Titre original : *The Reaction*
Edition originale publiée par Scholastic Inc., 1997

Illustration de couverture : Damon C. Torres/The I-Way Company

CHAPITRE 1

Je m'appelle Rachel.

Je ne vous dirai pas mon nom de famille, ni mon adresse. Maintenant, voilà ce que je peux vous dire en ce qui me concerne : je suis grande pour mon âge. Peut-être même grande pour n'importe quel âge. J'ai les cheveux blonds. J'aime la gymnastique, le shopping et une bonne bagarre avec les voyous. Pas nécessairement dans cet ordre.

Les gens disent que je suis jolie, et je crois que je suis d'accord. Les gens disent que j'ai confiance en moi, et je sais que c'est vrai.

Mes meilleurs amis pensent que j'ignore la peur. Sur ce point, ils ont tort. Il n'y a que les fous qui ne connaissent pas la peur. Ma vie entière est remplie de peur. Il y a des jours où je suis effrayée depuis la

première minute où je me réveille, le matin, jusqu'à mon dernier cauchemar.

Mais ce qu'il y a avec la peur, c'est que vous ne devez pas en avoir peur. Je sais que ça n'a pas l'air très clair. En fait, je crois que ce que je veux dire, c'est qu'on doit avoir peur s'il le faut, d'accord ? La peur est comme un sale petit ver qui vit à l'intérieur de vous et vous ronge tout vivant. Vous devez la combattre. Vous devez savoir qu'elle est là. Vous devez admettre que vous n'en serez jamais débarrassé, mais la combattre malgré tout.

Être courageux, ce n'est pas ne pas avoir peur. C'est être mort de trouille, mais refuser de se laisser submerger. C'est ce que fait chacun de nous. Chacun des Animorphs. Nous essayons simplement de ne pas nous laisser submerger.

Et au milieu de tout ça, au milieu de tous les dangers, les pièges et la peur, nous essayons de nous raccrocher à ce qui est banal et normal. Nous devons continuer à faire nos devoirs et à apprendre nos leçons. Être prêts pour nos examens. Continuer aussi à écouter de la musique, à regarder la télé, même à aller voir un film à l'occasion.

Vous voyez où je veux en venir ? Quand on vit dans un monde de folie, il faut se raccrocher à de petites choses. Nous sommes six. Cinq humains et un pas-si-humain-que-ça. Il y a moi ; il y a Jake, mon cousin, un garçon des plus responsables ; Marco, une plaie, un fardeau, ma punition personnelle dans cette vallée de larmes ; Cassie, ma meilleure amie pour toujours ; Tobias, qui fut la première victime de tout ça, piégé à jamais dans le corps d'un faucon ; et Ax, le seul Andalite ayant survécu à une mission que son peuple a effectué pour protéger la Terre.

Tout a commencé un beau soir dans un chantier de construction abandonné. Tous les cinq, à l'exception d'Ax, donc, nous rentrions chez nous en revenant du centre-ville, sans penser à rien d'autre qu'à nos propres petites affaires. Aucun de nous n'était en train de se dire : « Tiens donc, est-ce que ça vous dirait de participer à une guerre interstellaire ? » Je voulais juste rentrer à la maison, pour y passer une soirée des plus normales. Regarder la télé, peut-être. Visiter quelques sites Web avec mon ordinateur branché sur Internet. Écouter un de mes CD préférés. Faire mes devoirs.

Tout ça, quoi. Rien que des choses normales.

Mais le vaisseau andalite endommagé a atterri juste devant nous, et à partir de là plus rien n'a jamais été normal.

Nous ne sommes pas seuls dans cet univers. Il y a des milliards d'étoiles et des milliards de planètes. Et sur certaines de ces planètes, la vie s'est éveillée comme sur notre bonne vieille Terre.

Sur certaines de ces planètes, des formes de vie très intelligentes se sont développées. Exactement comme l'Homo sapiens – l'être humain – a évolué sur la Terre. Loin d'ici, dans les étoiles, il y a des peuples, comme les Ellimistes, qui ont atteint un tel degré d'évolution qu'à côté d'eux, les humains ont l'air aussi futé que des vaches en pleine rumination. Et puis il y en a d'autres, comme les Andalites, qui sont plus avancés que le nôtre. Vous voyez, comme un étudiant en cinquième année à côté d'un étudiant en troisième année. Ils nous sont supérieurs, mais dans un même espace de réalité, et de compréhension.

Et il y a des races comme celle des Hork-Bajirs, des machines à tuer hérissées de membres tranchants comme des lames de rasoir, dont tout le monde raconte qu'ils étaient des gens tout à fait charmants, avant. Et les Taxxons... Bon. Qu'est-ce qu'on peut dire des Taxxons ? D'énormes mille-pattes cannibales ? Ce ne sont pas vraiment les braves types de la galaxie. Ils ne sont pas précisément gentils.

Et enfin, il y a les Yirks.

Les Yirks, qui ont réduit les Hork-Bajirs en esclavage. Les Yirks, qui ont conclu un marché diabolique avec les Taxxons. Les Yirks, qui se répandent comme un virus à travers la galaxie, attaquant une race après l'autre pour l'asservir, la détruire.

Ce sont des parasites. De simples limaces grises, en réalité. Dans leur état naturel, vous pourriez poser le pied sur l'un d'eux et l'écrabouiller comme un escargot hors de sa coquille.

Mais les Yirks ont la faculté d'infester les autres espèces. De se glisser et se tortiller pour se faufiler à l'intérieur de leurs têtes. Ils aplatissent leur corps et ils enveloppent le cerveau de leur victime en s'infiltrant dans chacun de ses replis.

Ils se fixent au cerveau en question. Ils en pren-

nent le contrôle et asservissent la pauvre créature qui devient un Contrôleur. C'est ce qu'ils ont fait aux Hork-Bajirs, aux Gedds et aux Taxxons. Tous les Hork-Bajirs, les Taxxons et les Gedds sont des Contrôleurs.

Ils l'ont même fait à un Andalite. Mais à un seul.

Heureusement.

Et ils le font à des humains. A des centaines, des milliers, peut-être des millions d'humains.

Il y a des Contrôleurs qui sont piégés et le deviennent contre leur volonté. Et, croyez-le ou non, il y en a d'autres qui deviennent volontairement Contrôleurs. S'il y a un truc qui m'a toujours soufflée, c'est bien ça ! Tout le monde peut perdre une bataille. Mais choisir de se rendre, de se soumettre ? De devenir un traître ? Ça me rend simplement malade.

Les Yirks disposent d'une organisation de façade qui s'appelle le Partage. Ça prétend ressembler aux boy-scouts, ou autres groupements dans le genre, on y accepte les filles aussi bien que les garçons, et les adultes comme les jeunes. Bien entendu, il s'agit soi-disant d'une grande famille. Genre pique-niques, rafting dans les torrents, randonnées dans la nature, et on est tous une bande de joyeux frères et sœurs qui appartiennent tous à la même chouette famille.

Sauf qu'en réalité, le Partage est une création des Yirks. Ils s'en servent pour étudier et pour comprendre la société humaine. Ils l'utilisent pour camoufler leurs réunions. Et il leur permet de recruter de nouveaux membres.

Je me suis toujours demandé quels mensonges ils pouvaient débiter pour parvenir à convaincre les gens de devenir des Contrôleurs. A présent, je sais. J'ai fini par comprendre comment on pouvait amener quelqu'un à trahir sa planète.

Et il y a quelqu'un qui m'a trahi personnellement, moi aussi. En un sens. Bien sûr, il ne me connaît pas. Il doit y avoir un bon million de filles comme moi qui aimeraient bien l'approcher.

Je sais à quoi vous pensez. Rachel est amoureuse ? Rachel ? Celle que Marco appelle Xena, la princesse guerrière ?

Bon, que voulez-vous que je vous dise ? Un beau mec, c'est un beau mec. Et le charme est une force très puissante. Et c'était le mec le plus beau de tous les beaux mecs que j'ai jamais vu.

Ça a été une honte que je me retrouve obligée de lui faire ce que je lui ai fait. Ça m'a blessée autant que ça l'a blessé lui-même.

Bon... peut-être pas tout à fait autant.

Mais on parlera de toute cette histoire atroce plus tard. Je préfère commencer par le commencement. Et, aussi curieux que ça puisse paraître, c'est au zoo que tout a commencé.

CHAPITRE 2

« **S**ortie éducative ». Deux des plus jolis mots du monde. Notre classe allait visiter le zoo du Parc.

Bien entendu, j'y étais déjà allée. D'autant, c'est vrai, que la mère de Cassie en était la vétérinaire en chef, si bien que je pouvais y entrer quand je voulais. Mais qu'est-ce que ça pouvait faire ? N'importe quelle sortie éducative valait mieux que de rester coincée derrière une table de classe, en face d'un tableau noir. Non ? Il faut vous dire que, quand j'étais petite, on a fait une sortie éducative dans une usine qui produisait du pain et des biscuits. Ils ne nous ont pas offert un seul biscuit. Mais vous croyez que ça m'a ennuyée ? Non. Pas le moins du monde, parce que le simple fait de sortir de l'école, de bouger un peu et de voir de nouveaux paysages vaut toujours

mieux que de rester les fesses collées sur une chaise en bois dur.

Cassie n'était pas du même avis.

– Ma mère va nous faire un petit exposé sur les espèces en voie d'extinction, a grommelé Cassie pendant que nous déambulions dans le zoo avec le reste de la classe. Un exposé. A nous.

Nous étions dans un parc entièrement clos. Ça ressemblait à un immense dôme de verre abritant différents types d'habitats. Nous marchions au bas d'une colline aux pentes douces, le long d'un chemin qui serpentait entre les léopards, les tortues et les pythons. Tous les animaux qu'on ne pouvait pas laisser exposés aux rigueurs d'un climat froid. Je m'amusais bien, buvant mon soda tout en promenant un œil faussement distrait sur la foule à la recherche de l'éventuel beau garçon qui pourrait passer par là.

– Tu peux me dire à quoi ça leur sert d'exhiber un python ? demandai-je à Cassie. Tout ce qu'ils font ici, c'est dormir. Ce pauvre serpent pourrait tout aussi bien être en plastique. Bon, les léopards, d'accord, ils bougent, ils se remuent. Ils te lancent des regards féroces. Mais les pythons ?

– Elle a dit qu'elle essayerait de faire quelque chose de cool, soupira Cassie sans se soucier de ce que venait de lui dire Rachel.

Elle pensait toujours à l'exposé que devait leur faire sa mère.

– Et c'est dangereux quand Maman veut faire cool. Tu vois, elle va croire qu'il faut qu'elle soit jeune, et tout. Et elle va commencer à causer des Fudgies, de Snoopy Diggity Dog, de Boys Eleven Men, ou de Nice is Neat.

J'éclatai de rire et recrachai presque ma gorgée de soda par le nez.

– Bon, d'accord, les Fugees, Snoop Doggy Dogg et Boyz II Men, je saisis. Mais c'est quoi, Nice is Neat ?

Cassie détourna les yeux d'un air coupable.

– Ben, NIN. Tu sais bien, Nine Inch Nails, quoi. Je voulais acheter leur dernier CD, mais j'étais fauchée comme les blés. Alors, pour la convaincre de me le payer, j'ai dit à ma mère que NIN, c'était les initiales de Nice is Neat*.

* En français : « Être gentil c'est bien ».

J'empoignai le bras de Cassie et je la fis se retourner vers moi.

– C'est pas vrai ! Toi ? Y a que Marco qui aurait pu imaginer un truc pareil !

Cassie baissa aussitôt la tête. Puis elle commença à éclater de rire.

– D'accord, c'est vrai. C'est Marco qui a eu l'idée, avoua-t-elle enfin. Il a dit : « Dis-moi un peu quel parent normalement constitué peut résister à un groupe de rock qui s'appelle Nice is Neat ? » Tu vois, ça intéressait Marco que j'aie le CD, pour qu'il puisse s'en faire une cassette... En tout cas, ça a marché.

– Cassie, Cassie, Cassie. Si tu commences à suivre les conseils de Marco, la fin de la civilisation est proche... Maintenant, à propos de Nine Inch Nails, il te plaît, au moins, ce groupe ?

Cassie fit la grimace.

– En ce moment, ils sont un peu trop sinistres, déprimants et durs à mon goût. Cela dit, ça conviendrait parfaitement à mon humeur du moment.

Et elle secoua la tête, l'air toujours aussi accablé.

– Je sais qu'elle va ramener ça sur le tapis. Elle va nous sortir un truc du genre : « C'est très cool de sauver les espèces menacées… comme écouter Nice is Neat. » Je vais être obligée de changer d'école. Je vais devoir quitter la ville.

Elle s'empara de ma canette et avala une gorgée.

– Mais pourquoi, Rachel ? Franchement, est-ce que tu peux me dire pourquoi, parmi tous les endroits susceptibles d'accueillir une de nos sorties éducatives, il a fallu qu'on vienne là où travaille ma mère ?

Nous nous sommes penchées au-dessus du garde-fou qui surmontait la fosse aux crocodiles. Près de la moitié de la classe était déjà loin devant nous. L'autre traînait encore derrière. Et nous étions maintenant perdues au beau milieu d'une classe d'enfants de maternelle portant tous leur nom bien en vue sur leurs vêtements.

– Je ne sais pas, ai-je répondu à Cassie. Peut-être que ce n'était pas ton jour de chance, je…

Juste devant moi, à peine trois mètres plus loin, un jeune petit imprudent était en train d'escalader la balustrade.

– Hé ! Hé là ! Descend de là, toi…

Soudain il a disparu. Il avait basculé par-dessus bord. Dans la fosse aux crocodiles.

CHAPITRE 3

– Aaaaahhhh !

Le gamin cria et soudain, plus personne ne fit un bruit.

Puis, au bout d'une fraction de seconde, tout le monde se mit à hurler. Moi, Cassie, les adultes, les profs, les instits et les parents qui accompagnaient la classe de maternelle.

– Au secours ! Au secours !

– Il est tombé en plein dedans !

– Je n'ai pas pu l'arrêter !

– Je ne l'ai même pas vu !

– Tyler ! Tyler ! Est-ce que ça va ?

Cassie m'agrippa par le bras et me regarda droit dans les yeux, pour s'assurer que je l'entendais bien.

– Je vais chercher du secours. Je reviens tout de suite. Mais je t'en prie, Rachel, ne fais pas de bêtise. Pas de bêtise !

Et elle fila en courant.

Je me penchai par-dessus le garde-fou. Tout le monde se bousculait pour essayer d'apercevoir le dénommé Tyler. Mais personne ne pouvait le voir. Il était tombé à la verticale et avait roulé jusque dans une étroite niche à la base du mur d'enceinte.

Il y avait une sorte d'île au milieu de l'habitat des sauriens. Elle était entourée par des espèces de douve, de rivière, ou de ce que vous voulez. Juste au-dessous de moi, au pied du mur, il y avait une deuxième espèce de grotte. Je suppose que c'était là que les crocodiles se réfugiaient quand ils n'avaient pas envie que les gens les regardent.

Il y avait six crocodiles dans la fosse. Ils étaient tous les six paisiblement couchés sur l'île centrale, entouré d'eau. Quand nous étions arrivées, ils dormaient tous les six. Ils étaient aussi immobiles et inintéressants que le python endormi.

Mais, à présent, je voyais un œil de crocodile s'ouvrir. C'était un grand œil brun traversé d'une

fente noire en guise de pupille. C'était un œil sournois, cruel.

Si les crocodiles décidaient de s'attaquer à l'enfant, tout serait fini bien avant que les secours puissent arriver.

Un deuxième croco ouvrit l'œil et tourna la tête vers le garçon.

– Oh, la vache, ai-je gémi.

Puis, j'ai pris une profonde inspiration. Je ne disposais d'aucune animorphe capable de lutter contre un crocodile de plus de cinq mètres de long. Mon animorphe de grizzly n'aurait pas fait le poids. Même pas, probablement, mon animorphe d'éléphant. Et de toute façon, même pour sauver une vie, il m'était interdit de morphoser en public.

Ce qui ne me laissait que deux possibilités. Ne rien faire, et laisser le crocodile dévorer l'enfant. Ou faire une grosse bêtise.

Je choisis la grosse bêtise.

– Regardez ! Là-bas ! hurlai-je d'une voix hystérique en pointant le doigt à l'opposé de la scène du drame.

Toutes les têtes se tournèrent dans la direction

que j'indiquais. Aussitôt, je sautai par-dessus le garde-fou, cherchai mon équilibre telle la gymnaste amateur que je suis, puis sautai vers la branche d'un faux arbre en béton qui surplombait la fosse.

J'attrapai la branche. Exactement comme avec les barres asymétriques, sauf qu'elle m'écorcha la paume des mains. Je me balançai, puis je plongeai vers une branche plus basse.

Je m'éraflai l'avant-bras droit jusqu'au sang, mais je saisis la branche, stoppai mon élan et me laissai tomber du haut des trois mètres cinquante qui me séparaient encore du sol de la fosse aux crocodiles.

– Oh ! mon Dieu ! Cette fille est tombée là-dedans elle aussi !

– Mais non ! Elle essaie de sauver le gamin !

– Ne fais pas l'idiote ! hurla quelqu'un.

« Trop tard », songeai-je sans joie. J'étais debout sur du sable. Tyler était derrière moi, hors de vue. Un peu plus de deux mètres nous séparaient de six crocodiles. Ils étaient tous bien réveillés maintenant. Et intéressés. Ils avaient l'air de se demander si ça valait le coup de se déplacer pour venir nous croquer.

Et c'est là que j'ai vu pourquoi ils hésitaient.

C'est qu'il n'y avait pas seulement six crocos dans la fosse. Ils étaient sept. Le septième n'était qu'à quelques dizaines de centimètres de moi. Et il était gros.

Assez gros pour que, si ce monstre n'avait pas envie de partager sa proie, ses congénères ne se risquent pas à le mettre en colère en osant la lui disputer.

Il était gigantesque.

Oh, je vous jure, il était réellement gigantesque.

– Gentil, le crocodile, murmurai-je.

Il me fixa de ses yeux brun-jaune qui semblaient presque rieurs. Bien sûr, qu'il rigolait. Il croyait n'avoir qu'un humain à dévorer. Et maintenant, il en avait deux.

Et alors, il a chargé.

Il est difficile d'imaginer qu'une masse aussi énorme, posée sur des pattes aussi tordues et courtes, puisse se déplacer à une telle vitesse. Pourtant, il fondit sur nous comme un éclair ! Droit sur moi !

Je bondis en l'air une fraction de seconde avant

que sa monstrueuse mâchoire ne se referme à l'endroit précis où je me trouvais. J'atterris sur le dos du croco, tombai, et luttai sauvagement pour réussir à revenir sur son dos. Sa queue fouettait l'air tel un nerf de bœuf. Il se tortillait avec fureur pour essayer de m'éjecter. Je voyais son énorme gueule béante et ses longues rangées inégales de crocs tranchants et jaunâtres.

Je n'avais qu'un faible espoir. Un seul. Je m'agrippai à son dos cornu, rugueux et pressai sur lui les paumes de mes mains, avant de me concentrer en puisant dans toutes mes réserves de volonté.

Et je commençai à acquérir le crocodile.

Avant qu'il ne « m'acquiert » à sa manière.

CHAPITRE 4

« Acquérir ». C'est le terme que nous employons lorsque nous copions l'ADN d'une créature.

J'ai donc acquis le crocodile, et absorbé l'ADN de l'animal dans mon propre organisme, l'intégrant pour en faire une part de moi-même. Et, ainsi que cela se passe le plus souvent lors du processus d'acquisition, l'animal devient calme et paisible à souhait.

La queue du crocodile cessa de fouetter avec fureur. Il cessa d'essayer de m'éjecter. Mais il tourna la tête et garda un œil fixé sur moi. Et je sus que le répit allait être bref.

Mais il se passait quelque chose d'autre en même temps. Pour la toute première fois, j'eus mal au ventre tandis que j'acquerrais ce crocodile.

J’avais mal comme si j’avais avalé du lait avarié ou je ne sais quoi. Et en même temps, je sentais comme un essaim d’aiguilles chaudes me chatouiller la peau.

Mais pour honnête, les problèmes de nerfs et de troubles digestifs n’entraient guère dans le cadre de mes préoccupations immédiates.

Je me séparai rapidement de l’animal en roulant sur moi-même pour me réfugier dans la niche à côté de l’enfant. Son front était barré d’une balafre sanglante. Il était inconscient, mais commençait à remuer en gémissant.

Dans quelques secondes, la torpeur causée par l’acquisition allait s’évanouir et le gros crocodile allait revenir, plus féroce que jamais. Ses crocs étaient à moins de trente centimètres d’un des pieds du garçon.

Je pouvais entendre des cris et des exclamations venant du haut de la fosse. On nous envoyait des secours. Mais ils n’arriveraient pas à temps. Ils ne pouvaient même pas nous apercevoir, cachés au fond de notre niche dans le mur.

– Allez Rachel, murmurai-je juste pour moi-même. Concentre-toi. Et plus vite que ça !

Je sentis les changements commencer presque aussitôt. Et je les vis se produire. Je vis la peau de mes bras prendre une teinte vert-jaunâtre, puis foncer pour être pratiquement noir-verdâtre. Ma peau commença à se craqueler. Vous voyez à quoi ressemble le fond d'un lac asséché ? Lorsque la vase desséchée se crevasse et forme de grosses plaques irrégulières ? Ça, c'était ma peau. Les crevasses se mirent à courir le long de mes bras avant d'envahir mon dos de haut en bas et vice-versa en adoptant divers motifs.

Je sentais ma peau se durcir et former des sortes de croûtes dans mon dos. Sur tout le devant de mon corps elle était plus douce, mais néanmoins raide. Ça ne faisait pas mal – morphoser ne fait jamais vraiment mal – mais je ressentais certaines choses. Ma peau devenir plus épaisse, craquelée, ma colonne vertébrale qui s'étirait, s'étirait de plus en plus avec des bruits d'élastique trop tendu. Mes bras et mes jambes qui rétrécissaient.

Mes jambes, justement, furent bientôt si courtes que je me retrouvais incapable de rester debout. Je tombai en avant, le nez en plein dans le sable.

Désormais, c'était moi que le gros crocodile fixait. Plutôt que le petit garçon.

Le petit garçon qui reprenait connaissance. Ses yeux papillonnaient. Il remuait ses bras et ses jambes. Et comme il commençait à bouger, je pus voir le regard du gros crocodile se poser à nouveau sur lui. Se poser sur sa proie pour la dévorer des yeux.

Alors, mon visage commença à s'allonger vers l'avant. A s'allonger encore et encore, à pousser comme un bouton monstrueux. Mes dents et mes gencives se mirent à me démanger affreusement lorsque de nouvelles dents jaillirent, tandis que les anciennes croissaient de plusieurs centimètres en adoptant des formes redoutables.

Je fus bientôt capable de voir mon propre museau bardé d'écailles verdâtres s'étendre devant moi. Il était d'une longueur incroyable, et je pouvais déjà sentir la puissance hallucinante de ces mâchoires.

« Allez, Rachel, tiens-toi prête ! » me dis-je.

Je savais ce qui allait se passer. Lorsque le changement physique serait achevé, l'esprit du crocodile allait faire son apparition.

Ça fait partie de l'animorphe. L'esprit et les instincts de l'animal restent présents et cohabitent avec les vôtres. Et il arrive parfois qu'ils soient terriblement difficiles à contrôler.

Quelquefois, il est presque impossible de les contrôler. L'esprit du crocodile ne se rua pas sur moi. Il ne faisait rien avec rapidité. Il était lent. D'une lenteur extrême.

Mais c'était la lenteur extrême d'un superpétrolier, la lenteur inexorable d'une masse énorme impossible à stopper. Il avançait vers moi à la façon d'un rouleau compresseur, porté par l'idée la plus simple qui soit. Dépourvu de la moindre pensée complexe. Sans l'ombre du plus petit doute. Animé simplement par la faim. Rien que la faim.

Je la sentis bouillonner à l'intérieur de ma propre tête, tel un volcan avant l'éruption.

« Résiste ! »

Mais le cerveau du crocodile s'était développé des millions d'années avant que les premiers singes aient commencé à se balancer dans les arbres. Le cerveau du crocodile avait survécu, sans le moindre changement, pendant que les dinosaures s'éteignaient, pendant que les premiers oiseaux prenaient leur envol. L'esprit du crocodile était vieux. Vieux, simple et limpide. Et il avançait sur moi comme un rouleau compresseur, balayant mes fragiles pensées humaines.

Le crocodile savait deux choses. Il y avait une proie : le petit garçon. Et il y avait un ennemi : l'autre gros crocodile.

Mes yeux se dirigèrent vers les côtés extérieurs de ma tête. Ils offraient une vision claire et nette, pas très différente de ma vision humaine. J'arrivais à voir à peu près tout ce qu'il y avait autour de moi en même temps. Juste derrière moi, sur ma gauche, il y avait quelque chose qui gesticulait et gémissait. Je pouvais pratiquement sentir le sang courir dans ses veines. Je sentais sa chaleur.

Juste devant moi, il y avait un gros crocodile mâle. Exactement comme moi. Qui traquait la même proie.

L'équation était simple : deux crocodiles de même taille traquant la même proie. Je devais soit affronter l'autre croco, soit me jeter sur la proie avant que l'ennemi ne puisse agir, soit m'enfuir.

Je tournoyai sur la gauche, aussi vif qu'un serpent !

J'ouvris mes mâchoires si largement que mon propre museau me masqua une bonne partie de la proie. Encore une seconde, et j'allais refermer mes mâchoires sur cette petite chose geignarde et gigotante...

Un mouvement brusque ! On m'attaquait !

Le grand crocodile se ruait sur moi à une vitesse stupéfiante. Je fis fouetter ma queue et tournoyai sur place pour l'affronter. Emporté par mon élan, je m'éjectai de l'espèce de petite plage de sable pour plonger dans l'eau. L'eau ! Maintenant on pouvait vraiment bouger !

L'autre crocodile plongea pour m'attaquer par en dessous et tenter de déchirer la peau tendre de mon bas-ventre. Je me tortillai furieusement et roulai sur moi-même. Une queue fouetta l'eau trouble. Je mordis.

Ouais ! Mes mâchoires s'étaient refermées sur quelque chose, et elles serraient.

Puis, la douleur ! Une douleur soudaine, fulgurante, dans ma patte arrière gauche. L'eau était rouge de sang. L'autre croco mordait ma patte. Je mordais sa queue. Nous roulions l'un sur l'autre dans un furieux bouillonnement d'écume, resserrant nos mâchoires comme deux étaux mortels.

Et lentement, très lentement, comme s'il remontait mètre après mètre d'un puits insondable, je sentis mon propre esprit, l'esprit de Rachel, qui commençait à émerger de nouveau.

J'étais trop fatiguée et sonnée par la bagarre pour être capable de rivaliser avec l'adresse du crocodile. Il avait une puissance de concentration absolue, associée à la plus extrême des simplicités. Il tuait, il mangeait, et il n'avait qu'indifférence pour tout ce qui pouvait se passer autour.

Nous roulions avec fureur dans l'eau peu profonde du bassin, deux crocodiles génétiquement identiques s'affrontant dans un combat mortel. Combattant pour savoir quelles formidables mâchoires auraient le privilège de se refermer sur l'enfant humain.

Je perçus quelques images de spectateurs horrifiés penchés au-dessus de la fosse. Quelques images de Tyler qui essayait de fuir en rampant.

Quelques images des autres crocodiles qui se glissaient dans l'eau, espérant visiblement s'emparer de l'enfant pendant que leurs deux gros adversaires étaient occupés à s'entre-tuer.

Je devais gagner ce combat pour rester en vie. Et je devais le faire vite pour sauver le garçon.

Je fis donc ce que le crocodile n'était pas vraiment capable de bien faire. Je pensai. Je me servis de mon intelligence.

J'ouvris ma gueule tout d'un coup, libérant sa queue et, dans la même seconde, je propulsai de toutes mes forces ma patte arrière vers l'avant. Cela fit l'effet d'un lance-pierre. Le crocodile adverse vola en arrière. Je vis passer son ventre blême, et je frappai vite et sans pitié.

Il roula au loin, vaincu. Je pivotai sur ma droite et fis reculer les crocos qui s'approchaient discrètement du petit homme. Je me précipitai vers la plage de sable et je me réfugiai dans la niche de la muraille, hors de vue de la foule des spectateurs. Le gamin recula, terrifié. Je n'avais pas le choix. Je devais tenter ma chance. Je m'adressai à Tyler en utilisant la parole mentale.

< Hé, petit ! Je suis un bon crocodile, d'accord ! ? Alors, monte sur mon dos ! >

Fort heureusement, c'était un gentil p'tit gars. Assez petit pour ne pas oser demander à un crocodile comment il pouvait lui adresser la parole.

Il grimpa sur mon dos comme si j'étais un poney. Je me glissai dans l'eau et je l'amenai au milieu d'un groupe de faux rochers qu'il put escalader sans difficulté pour se mettre en sûreté. Les crocodiles sont capables de beaucoup de choses, mais l'escalade ne fait pas précisément partie de leurs nombreux talents.

Je regagnai rapidement la niche dans le mur pour démorphoser, et je retrouvai ma forme humaine au moment même où une vingtaine de soigneurs armés de fusils lanceurs de fléchettes tranquillisantes et de filets faisaient irruption dans la fosse.

L'enfant était hors de danger. J'étais hors de danger. Même le gros croco s'en tirerait sans trop de mal moyennant un peu de chirurgie.

Donc, l'un dans l'autre, ça avait été finalement une sortie éducative tout à fait cool. Et on n'avait pas été obligé de suivre l'exposé de la mère de Cassie.

CHAPITRE 5

– Je vois, a dit Jake. Alors, au fond, tu dis qu'il ne s'est pas passé grand-chose. Tu as sauté dans une fosse d'alligators, tu…

– De crocodiles, pas d'alligators, corrigea Cassie.

Jake fronça le sourcil en lui lançant un regard noir, et Cassie se tut de nouveau.

– Tu as sauté dans une fosse de crocodiles, morphosé en crocodile, engagé un combat mortel histoire de voir qui allait dévorer l'enfant et pour finir tu as embarqué le dénommé Tyler sur ton dos. Et tu trouves qu'en fin de compte, tout ça était tout à fait cool ?

Je haussai les épaules et regardai du côté de Cassie à la recherche d'un soutien.

– Elle a sauvé la vie du petit garçon, souligna-t-elle.

– Elle s'est aussi retrouvée à deux doigts de montrer au monde entier ce qu'elle est réellement, remarqua Jake, de la voix basse et doucereuse qu'il prend quand il est vraiment bouleversé.

Après avoir sauvé le bambin, vous auriez pu penser que mes amis allaient me fêter comme une héroïne, non ? Pas du tout.

Laissez-moi vous décrire la scène. Cassie, Jake, Marco, Tobias, Ax et moi, nous étions tous réunis dans la grange de Cassie, qui est aussi le Centre de sauvegarde de la vie sauvage. Alors imaginez des cages dans tous les coins, remplies de toute sorte d'animaux : écureuils, canards, cochons sauvages, chauves-souris, putois, renards, aigles, cerfs et ratons laveurs blessés, malades et plus ou moins handicapés.

Jake marchait de long en large, ce qu'il fait chaque fois qu'il est contrarié. Jake n'est pas du genre à hurler quand il est furieux. Il est du genre à grincer des dents, à marcher de long en large et à parler d'une voix basse et doucereuse.

C'est Jake qui commande, plus ou moins. Aucun d'entre nous ne l'a précisément élu, mais si nous devions voter, il obtiendrait toutes les voix – à l'exception de la sienne. Tout bêtement, la question de savoir lequel d'entre nous devait être le chef ne s'est jamais posée. Sans doute parce que nous savons tous que Jake n'est pas le genre de gars qui a vraiment envie d'être un patron. Il le fait parce qu'il faut bien que quelqu'un le fasse, pas parce que ça le fait se sentir important.

J'aurais tendance à dire que Jake est plutôt beau garçon. Sauf que c'est mon cousin. Mais, bien entendu, Cassie, elle, le trouve parfait. Entre Cassie et Jake, il y a un genre de petit quelque chose. Mais, bien entendu, aucun des deux ne veut l'admettre. Et ils n'en parlent jamais vraiment entre eux. Ils s'imaginent que personne n'est au courant. Mais ils sont vraiment attachés l'un à l'autre, et solidement. Vous pouvez me croire.

Quoi qu'il en soit, Marco était là, écroulé sur une balle de foin. Marco est le meilleur ami de Jake. Marco n'a pas le profil d'un chef. C'est un garçon très intelligent mais, malheureusement, il consacre la totalité de sa cervelle à faire ou à dire des blagues stupides.

Bon, d'accord, peut-être pas la totalité. S'il se servait de toute sa tête pour faire des blagues, elles seraient sans doute meilleures.

Marco est mignon. Quoique pas aussi mignon qu'il se l'imagine. Il faut dire qu'il serait positivement impossible à quiconque d'être aussi mignon que Marco imagine l'être. L'ego de Marco est totalement incontrôlable.

Et puis, il y a Tobias. Il était perché dans la charpente, au-dessus de nous, et lissait soigneusement ses plumes avec son bec.

Tobias est ce que les Andalites appellent un nothlit. Ce qui veut dire une personne qui s'est fait piéger dans une animorphe. Car il y a une limite de deux heures lorsqu'on morphose. Si vous restez plus de deux heures dans une animorphe, vous y restez pour toujours.

Avec ses cheveux blonds et ses mèches folles, son air de planer tout le temps, Tobias était un garçon du genre rêveur. Mais à présent, c'est un faucon à queue rousse. Son air rêveur a disparu depuis

longtemps. Il a été remplacé par l'expression féroce, le regard aussi intense et tranchant qu'un rayon laser, d'un prédateur.

Tobias a été contraint d'admettre le fait que, désormais, il n'est plus entièrement humain. Au fond de lui-même, il est toujours Tobias. Mais il vit dans les bois et se nourrit des animaux qu'il chasse. Et ça, ça l'a changé.

Ensuite, il y a Cassie. Cassie est ma meilleure amie, ce qui n'empêche que nous ne nous ressemblons en rien. Cassie est sans doute la personne la plus compétente, responsable et stupéfiante qu'il me sera jamais donné de rencontrer. Cette fille trouve le moyen d'assumer ses devoirs de collégienne, d'assurer un travail pratiquement à plein temps en aidant son père au Centre de sauvegarde de la vie sauvage, tout en se consacrant sans compter à toutes les activités délirantes qu'implique notre condition d'Animorphs. Parce que, franchement, vous en connaissez beaucoup d'autres, vous, qui sont capables d'avoir une moyenne de B + tout en soignant des tonnes d'animaux sauvages et en livrant une guerre contre l'empire yirk ?

Enfin, pour terminer par le plus bizarre de la bande, il y Ax. Son nom entier est Aximili-Esgarrouth-Isthill. Et c'est pourquoi nous l'appelons Ax. D'habitude, il ne vient pas à nos réunions, parce qu'il doit se déplacer dans une animorphe humaine. Et il n'aime pas se déplacer en animorphe humaine, parce qu'il trouve qu'il est dangereux de marcher sur seulement deux jambes.

Mais comme nous étions en sécurité, à l'abri des regards, à l'intérieur de la grange, Ax avait quitté son animorphe pour revenir dans son propre corps. Un corps qui forme un mélange étrange, mais d'un aspect assez plaisant, de daim à la robe bleutée, surmonté, comme un centaure, à un torse pourvu d'épaules et de bras presque humains, et une tête visiblement extraterrestre. Une tête dépourvue de bouche, mais équipée de deux grands yeux en amande, presque normaux, placés à peu de choses près là où devraient se trouver des yeux dans un visage normal. Ce qui n'est pas le cas de ses deux yeux supplémentaires, disposés au sommet de deux courts tentacules mobiles émergeant au sommet de son front.

Et il a une queue. Semblable à une queue de scorpion. Très rapide, redoutable dans un combat.

D'habitude, lorsque nous sommes réunis dans la grange, Cassie en profite pour nettoyer les cages, faire prendre leurs médicaments à des lézards mal fichus ou autres. Mais là, je pense qu'elle se croyait obligée de prendre ma défense. Si bien qu'elle était restée au milieu de nous, l'air affreusement coupable alors qu'elle n'avait strictement rien fait de mal.

– Qu'est-ce que j'aurais dû faire ? demandai-je à Jake. Laisser l'enfant se faire dévorer ?

– Oui ! fit Marco en criant presque. Oui. Parce que si on se bat, c'est pour sauver le monde entier, pas un seul enfant ! Et tu nous as tous mis en danger en te prenant pour un croisement de Xena, la princesse guerrière, et de Superman.

< Xena et Superman ont un enfant ? Je savais même pas qu'ils sortaient ensemble ! > s'exclama Tobias en parole mentale.

Je lui souris. Bien sûr, il ne pouvait pas me renvoyer mon sourire.

Puis, dans un soupir que je fus la seule à pouvoir

entendre, Tobias ajouta : <Rachel, demande à Jake ce qu'il aurait fait à ta place. Il arrêtera de t'embêter avec ça.>

Je fis attention de ne manifester aucun signe susceptible de faire deviner le message que venait de m'envoyer Tobias. Puis je dis simplement :

– Jake, si tu estimes que ce que j'ai fait est si mal, qu'est-ce que tu aurais fait, toi, à ma place ?

Jake cessa de marcher de long en large.

– Ce qui compte avant tout, c'est le secret. C'est d'une importance vitale !

– Jake, ai-je répété, qu'aurais-tu fait à ma place ?

CHAPITRE 6

Jake se gratta le lobe de l'oreille. Il sourit d'un air penaud.

– C'est pas parce que j'aurais fait la même chose que c'était bien.

– J'estime que Rachel s'est comportée comme une véritable héroïne, fit Cassie.

< Rachel a été courageuse. Le courage est une grande vertu. >

Le regard de Marco se posa sur Ax.

– Merci de cette leçon de sagesse, Obi-Wan Kenobi. Bien sûr, que c'est une héroïne. Rachel est toujours une héroïne ! Rachel ne peut pas s'empêcher d'être héroïque. Chez elle, faire preuve d'une bravoure stupide relève d'une sorte de tic nerveux qu'elle est incapable de contrôler. Mais en attendant, qu'est-ce qui arrive si quelqu'un l'a enregistrée en train de morphoser sur son caméscope ?

Le sourire s'effaça de mon visage. Marco avait beau m'exaspérer plus que jamais, il avait raison. Si quelqu'un m'avait enregistrée... Les Yirks sont partout, et si on leur apportait la preuve que j'avais morphosé en crocodile, ils sauraient très vite qui j'étais et ce que je faisais.

Il faut vous dire que les Yirks s'imaginent que nous sommes un commando surentraîné de guerriers andalites. Si jamais ils découvraient que nous ne sommes que des ados humains... nous serions balayés avant d'avoir eu le temps de dire : gloups !

– Bon, quoi qu'il en soit, Rachel, tu as été très courageuse. Tu as aussi eu un sacré bol. Les journaux racontent que tu es tombée dans la fosse parce que tu te penchais pour essayer de voir l'enfant. Tout le monde est obnubilé par le fait apparemment stupéfiant qu'un jeune garçon puisse grimper sur un alliga... un crocodile. Il doit participer à des débats sur cinq chaînes de télé différentes.

– Génial ! Alors comme ça, je suis la demeurée,

la pauvre idiote qui est « tombée » dans la fosse, et ce morveux est un grand héros.

– Estime-toi heureuse que les choses aient tourné aussi bien, répliqua Jake.

Pendant un moment, j'envisageai de parler de l'étrange malaise que j'avais ressenti lorsque j'avais acquis le crocodile. Mais je décidai de ne rien dire. Pourquoi aurais-je causé un souci supplémentaire à Jake ?

Cassie leva la main.

– On a fini de hurler sur Rachel ? Parce que moi j'ai du boulot.

Jake se mit à rigoler.

– Je ne hurle sur personne. Je ne suis le père de personne.

– Tu l'as dit, pôpa, a lâché Marco.

On a tous éclaté de rire et la tension est retombée. Pendant à peu près dix secondes. Jusqu'à ce que Jake dise :

– Tiens, au fait, j'ai entendu Tom raconter que le Partage allait engager le mec de la Maison du pouvoir comme porte-parole.

– Le feuilleton télé ? s'étonna Marco. Ah. C'est

zarbi. Enfin bref, c'est pas tout ça, j'ai tout un tas de devoirs empilés sur mon bureau. Et en plus, j'ai le dernier jeu Nintendo qui m'attend. Vous savez, celui où...

Il s'interrompit, les yeux fixés sur Cassie et sur moi. Sans doute parce que Cassie et moi, nous étions restées immobiles, bouche bée et le regard vide.

– Qu'est-ce qui leur arrive ? demanda Marco à Jake.

Jake eut l'air perplexe.

– Qu'est-ce qui vous arrive ?

– Jeremy Jason McCole va faire de la pub pour le Partage ? demandai-je d'une voix chevrotante.

– Jeremy Jason McCole ? répéta Cassie d'un filet de voix teinté de stupeur.

Jake haussa les épaules.

– Ouais, c'est bien dommage, mais c'est pas si grave. C'est jamais qu'une petite mauviette d'acteur. C'est vrai, quoi, c'est pas comme si c'était Michael Jordan...

– ... ou Andre Agassi, ajouta Marco.

<... ou Wayne Gretzky >, renchérit Tobias.

< Qu'est-ce qu'un acteur ? > demanda Ax.

– … ou qui que ce soit d'un peu important, conclut Jake. Après tout, ce type n'est jamais qu'un acteur de sitcom. Un nul, quoi, si vous voyez ce que je veux dire.

< Qu'est-ce qu'un nul ? > s'étonna Ax.

< Tu as vu sa coupe ! > ricana Tobias.

– J'adore sa coupe, riposta Cassie.

– Et il est encore plus petit que moi, lança perfidement Marco.

– Peut-être, mais Jeremy Jason McCole, il est mignon, lui, répliquai-je sans pitié.

– Il est plus que mignon, s'enthousiasma Cassie. C'est le plus beau gosse de toute la planète.

– On le voit en première page de tous les magazines, ajoutai-je, Jeune et Jolie, Elle, Vingt Ans…

– La Semaine des pétasses, le Mensuel des naines, le Nouvel Abruti libéré… continua perfidement Marco, avant de taper la main de Jake en signe de connivence.

Je fis comme si Marco n'existait pas. C'est ce que je fais presque toujours. Cependant, je m'assurai que Jake écoutait bien avant de lui dire :

– Jake, tu n'as rien compris. Près de la moitié des filles du collège ont un poster de Jeremy Jason McCole dans leur chambre ou dans leur casier de vestiaire. Ou dans les deux. C'est le plus beau gosse de tout le pays. Il y a au moins vingt sites Web qui lui sont consacrés. S'il devient le porte-parole du Partage, c'est comme si...

Je me tournai vers Cassie pour qu'elle m'aide à le convaincre.

– Comme si toutes les actrices féminines d'Alerte à Malibu devenait porte-parole de quelque chose, ajouta-t-elle.

– Ouais. C'est la même chose.

Le sourire de Jake s'évanouit.

– Vous voulez dire que ce tout jeune acteur a une telle influence ?

– Il a autant de pouvoir ? demanda Marco. Il a autant de pouvoir que les filles d'Alerte à Malibu ?

< Le pouvoir de Pamela Anderson ? > ajouta Tobias.

< Anderson ? répéta Ax. Est-ce que c'est un mot ? >

– Si Jeremy Jason McCole devient le porte-parole

du Partage, toutes les filles vont se battre pour s'y inscrire, insistai-je.

– Alors c'est sérieux, admit Jake.

– Ouais, Jake, ça l'est. Et il faut qu'on l'empêche.

Cassie me fit un clin d'œil discret.

– Bien sûr… il va falloir qu'on rencontre Jeremy Jason pour le sauver du danger qui le menace.

– Nous devons faire notre devoir, repris-je. Je veux dire que, pour commencer, nous devons vérifier s'il n'est pas déjà un contrôleur.

– Et pour ça, on va probablement devoir le rencontrer, gloussa Cassie.

– Venir très près de lui.

– Tout près.

– Absolument.

– Mmmm, hmmm…

– Vous me rendez malade, toutes les deux, fit Jake.

CHAPITRE 7

Tous les soirs, à sept heures, il y avait des rediffusions de la Maison du pouvoir. Juste après le journal. Je les regardai avec mes deux petites sœurs, Sara et Kate. Sara était trop petite pour se soucier des garçons d'une façon ou d'une autre. Mais Kate était plus proche de mon âge.

– Tu le trouves mignon, Jeremy Jason McCole ? lui demandai-je.

– Sur une échelle de un à dix ? Disons que je lui donne quelque chose comme mille, à peu près.

– Ouais, il est mignon, admis-je en hochant la tête.

– Il est même plus mignon que Marco. Tu sais, le copain de cousin Jake ?

– Ouais, ouais, je connais Marco, ai-je admis prudemment.

Puis, je frémis avant d'ajouter :

– Tu trouves vraiment que Marco est mignon ?

– Bien sûr.

– Kate, je t'en prie, fais-le pour moi et pour le bien-être de la terre entière. Ne lui dis jamais, tu m'entends, jamais.

– Promis, juré !

– Mais tu ne le trouves pas aussi mignon que Jeremy Jason, n'est-ce pas ?

– Bien sûr que non. Jeremy Jason est une star.

– Ah, d'accord. Je voudrais te demander quelque chose. Supposons que tu puisses adhérer à un club qui te permettrait de rencontrer Jeremy Ja…

Elle bondit comme si un scorpion l'avait piquée :

– Quel club ? Quel club ? Quel club ? !

Ce qui répondait à ma question. J'étais loin d'imaginer la violence de sa réaction. Peut-être que je sous-estimai le phénomène Jeremy Jason McCole.

Si, en se servant de lui, les Yirks parvenaient à recruter autant de filles qu'ils en voulaient pour le Partage, qu'allaient-ils faire d'elles ensuite ?

Sachant ce que je savais désormais sur l'une de ses vedettes, je regardai la Maison du pouvoir d'un œil tout à fait différent, ce soir-là. Mais était-il vraiment possible que quelqu'un comme Jeremy Jason McCole puisse être un Contrôleur ?

Sûrement pas. Et si j'arrivai à l'arracher in extremis aux griffes des Yirks ? Eh bien...

Après le dîner et après la Maison du pouvoir, je montai dans ma chambre pour commencer mes devoirs en retard. J'avais une rédaction à rendre qui devait faire cinq pages, au moins. Et j'avais de quoi remplir à peu près quatre pages. Alors je me suis mise à jouer sur la taille des lettres, sur l'espace entre les lignes et les marges jusqu'à ce que mes quatre pages finissent par en remplir plus ou moins cinq. Puis, j'appuyai sur la touche « imprimer » et fit des vœux pour que mon prof ne découvre pas ma petite supercherie.

– Rachel ? Je sors acheter du lait, cria ma mère dans l'escalier. Je te laisse la surveillance de la maison.

Je quittai le programme de traitement de texte et je me branchai sur Internet. J'ouvris la fenêtre, parce que la nuit était chaude et que Tobias passait parfois d'un coup d'aile le soir.

Puis, je commençai à inspecter les différents sites Web consacrés à Jeremy Jason.

– Connais ton ennemi, murmurai-je dans ma barbe. Même si je ne pouvais pas vraiment penser à Jeremy Jason comme à mon ennemi.

Je dus attendre plusieurs minutes avant de pouvoir accéder à sa page d'accueil officielle. Une image de l'acteur emplit mon écran.

– Vraiment trop beau gosse pour être un Contrôleur, soupirai-je sans m'adresser à personne.

Je fis défiler la page et trouvait une icône donnant accès à sa biographie. Elle faisait deux pages de long. Je les imprimai. Puis je cliquai sur le calendrier de ses apparitions publiques. Il retardait légèrement. Je le fis défiler et, soudain... Wahou !

J'arrêtai et revins en arrière. C'était là. Le vingt-quatre. Jeremy Jason devait participer au Barry and Cindy Sue Show au cours de leur grande tournée. Grande tournée... qui devait justement le conduire dans notre ville où il devait rester une semaine !

Et dans deux jours, maintenant ! Il allait être ici ! Ici ! Je me jetai sur le téléphone sans fil et tapai à toute vitesse le numéro de Cassie.

– Il va venir ici !

– Qui ça ? Quoi ?

– Jeremy Jason. Il va participer au Barry and Cindy Sue Show quand ils vont venir en ville !

– C'est pas vrai !

– Oh si ! Je te jure que si !

Je raccrochai et commençai à me connecter fébrilement sur un autre site Web pour avoir la confirmation de la nouvelle.

Je me sentais comme à bout de souffle. J'étais dans un état d'excitation incroyable. Je sais, je sais, ce n'est pas très malin d'être cinglée d'un acteur de télé, mais Jeremy Jason McCole était irrésistible.

Je pris une profonde inspiration pour me calmer.

Mais je n'y parvins pas complètement. J'avais toujours le souffle court. Rauque. Comme si j'étais en train d'être écrasée. Une sensation de chaleur et de picotement se répandait à travers ma peau.

Ça n'avait plus rien à voir avec Jeremy Jason. Manifestement, quelque chose n'allait pas chez moi. Je n'arrivais plus à respirer !

J'aspirai une grande goulée d'air et repoussai ma chaise en arrière pour m'écarter de l'ordinateur.

Et c'est alors que je remarquai ma main.

Ma main droite était verte. D'un vert sombre, marbré, de reptile.

CHAPITRE 8

– Qu'est-ce que…

Je levai ma main gauche. Elle était verte, elle aussi. Plus je la regardais, plus elle verdissait. Plus elle devenait rugueuse. Elle changeait. Elle morphosait !

Des écailles se formaient sur ma peau. Elles remontaient le long de mes bras.

Je bondis de ma chaise et me ruai vers mon miroir. Mon visage commençait à s'allonger. A s'orner d'un long, d'un énorme groin vert sombre.

C'est une chose que personne n'a la moindre envie de voir.

– Ouaaahhhh ! m'exclamai-je.

L'appendice proéminent se fendit en deux pour révéler deux rangées de longs crocs jaunâtres.

– Crckkk ! je voulus parler, mais ma bouche n'était à présent plus assez humaine pour pouvoir émettre des sons intelligibles.

Mes jambes se ratatinèrent sous mes yeux impuissants. Je tombai en avant sur le plancher. Une queue gigantesque se mit à pousser dans mon dos. Je sentais ma colonne vertébrale s'étirer.

Non ! Non ! Je n'ai pas décidé de morphoser !

Et pourtant, je morphosais. Et à toute vitesse ! J'étais couchée sur le plancher de ma chambre, en train de me transformer en un crocodile meurtrier de sept mètres de long.

« Démorphose ! m'ordonnai-je. Démorphose ! »

Mais la transformation se poursuivait. J'étais trop gros pour la pièce ! Ma gueule était coincée dans un angle, tandis que ma queue passait sous le lit pour aller s'enrouler dans le coin opposé.

Qu'est-ce qui m'arrivait ?

Si Kate, Sara ou ma mère entraient dans ma chambre, mon secret serait définitivement découvert. Pire encore, je n'étais pas sûre d'être capable de contrôler le crocodile.

Il avait faim.

« Concentre-toi, Rachel ! Concentre-toi ! Démorphose ! Redeviens humaine ! » Mais je ne démorphosai pas. Du moins, je ne redevins pas humaine.

En revanche, je commençai à ressentir un changement d'un type tout à fait différent. Mon corps rétrécissait en deux endroits, pour finir par former trois sections : tête, thorax et abdomen.

Je devenais un insecte !

Et c'est là que j'ai commencé à avoir peur. C'est que, voyez-vous, il est impossible de morphoser directement d'un animal à un autre. Ou du moins c'est censé être impossible. Mais à l'évidence, je morphosais. Et je ne démorphosai pas en humaine.

J'étais toujours un gigantesque crocodile, mais mon énorme tête de crocodile était reliée à mon corps par un cou aussi étroit que minuscule. Et l'endroit où mon corps trapu de crocodile rejoignait mon épaisse queue de crocodile avait tellement rétréci qu'il était du diamètre d'un poignet humain.

< C'est pas possible ! hurlai-je dans le vide. Je dois rêver ! C'est sûrement un cauchemar !>

Mais j'avais déjà fait des dizaines, des centaines

d'abominables rêves d'animorphe. Et aucun n'avait ressemblé à ça.

Je pus entendre mes os s'écraser et se changer en eau avant de disparaître. Je pus voir mes écailles de crocodile prendre une couleur brun sombre, presque noir, tandis qu'un exosquelette d'insecte se formait autour de mon corps comme une armure.

De formidables poils effilés comme des poignards jaillirent de mon dos. Mes grands crocs fusionnèrent, se soudèrent et noircirent pour reformer une sorte d'abominable bec. Deux pattes supplémentaires émergèrent de mes flancs. Deux pattes hérissées de pointes, pourvues de multiples articulations.

Je connaissais toutes ces métamorphoses. C'était une animorphe que j'avais déjà adoptée, auparavant. Mais jamais comme ça !

J'étais en train de devenir une mouche. Mais je morphosai de manière illogique, je devenais une mouche gigantesque. Je me changeais en mouche avant même d'avoir eu le temps de rétrécir.

Et puis, le rétrécissement s'est accéléré, et j'ai soudain eu l'impression de tomber en vrille, passant de plus de sept mètres de long à quelques millimètres !

Je voulais appeler à l'aide. Mais qui pouvait m'aider ? Personne. Personne !

Tout à coup, mes yeux reptiliens jaillirent de leurs orbites et se gonflèrent comme des ballons. Mon champ visuel se fractionna en un millier de minuscules images. J'étais dotée des yeux à facettes d'une mouche !

Mon esprit commençait à vaciller. Ça ne pouvait être qu'un cauchemar. Ce n'était pas possible. Ça devait être un horrible rêve !

Je rétrécissais à une telle vitesse que les angles de la pièce semblaient s'éloigner de moi comme des fusées. Le grain du bois du parquet grandit tandis que ses teintes se précisaient. Les espaces entre les lattes s'écartaient pour se changer en véritables fossés.

Et puis, secouée par un abominable haut-le-cœur, je réalisai que j'avais cessé de rétrécir. Je grandissais à nouveau.

Le grain du bois diminua. Les fentes rétrécirent. Et je me mis à grandir. Grandir. Grandir !

Mes pattes supplémentaires avaient disparu. Je n'en avais plus que quatre. Quatre pattes qui devenaient de plus en plus grosses, de plus en plus hautes. De plus en plus grosses et hautes !

< Par pitié, au secours ! Aidez-moi ! >

Sproing ! Sproing ! firent les ressorts de mon matelas lorsque je les écrabouillai sous mon énorme masse. J'étais trop gros pour la pièce. Encore plus gros que le crocodile. Les étagères de ma bibliothèque furent écrasées. Mon bureau se fracassa contre le mur. Des étincelles jaillirent de mon ordinateur et l'écran devint opaque.

Trop gros pour la pièce ! J'étais assez gros pour qu'on mesure mon poids en tonnes, pas en kilos. J'étais en train de morphoser en éléphant d'Afrique adulte. Dans ma petite chambre.

C-r-r-r-r-a-a-a-c-k-k-k !

< Oh, non…>, murmurai-je. Je pouvais sentir le plancher se tordre et s'affaisser littéralement sous mon invraisemblable poids, pendant que ma tête butait contre le plafond.

C-r-r-r-OUUIIIK !

Dans un fracas énorme, le plancher céda.

Une chute brève, mais effrayante !

VRABADABOUM !

Et tout d'un coup, je me retrouvai dans la cuisine !

CHAPITRE 9

CRACK ! BROUM !

Je vacillai et m'effondrai au milieu des décombres de ma chambre et de ce qu'il restait de la cuisine. C'était le chaos ! Tout était sens dessus dessous.

La cuisinière était penchée dans une position ridicule, la vitre du four transpercée par un morceau de charpente. La porte du réfrigérateur était ouverte, et tout son contenu était éparpillé alentour. Une grande bouteille de lait se vidait et se répandait partout.

Sara ! Kate ! Est-ce qu'elles étaient dans la cuisine quand j'avais traversé le plancher ? Et ma mère ?

Oh, mon Dieu ! Personne n'aurait pu survivre, écrasé sous une telle masse !

– Rachel ! Rachel !

C'était la voix de Kate. Elle semblait effrayée, mais entière. Et mes oreilles d'éléphant me disaient qu'elle ne se trouvait pas dans la pièce avec moi. Elle était dans le couloir. Elle ne pouvait pas me voir à travers les décombres.

Je ne pouvais pas lui répondre. Je n'avais ni bouche ni gorge humaine.

Étais-je capable de démorphoser ? Il fallait que j'essaie.

Je concentrai mon esprit sur mon propre corps. Mon moi humain. Et, lentement d'abord, puis de plus en plus vite, je commençai à rétrécir.

Soudain, je sentis diminuer la pression de l'enchevêtrement de planches et de gravats qui m'enserrait. Dans le couloir, j'entendais Kate qui disait :

– Allô, les pompiers ? Heu, hum, on a une urgence ! Notre maison s'est écroulée !

J'aurais bien rigolé… si j'avais été sûre que Sara et ma mère étaient indemnes elles aussi. C'est alors que je me suis souvenu. Ma mère était sortie. Il ne restait que Sara.

En attendant, je contemplai le plus beau spec-

tacle du monde : celui d'une délicate peau humaine émergeant de l'épais cuir gris de l'éléphant. J'étais toujours posée sur quatre pattes, mais je pouvais voir des doigts commencer à se former au bout de mes gros pieds d'éléphant.

– Rachel ! Rachel ! Où es-tu ?

Cette fois, c'était la voix de Sara. Elle devait avoir pris le téléphone. Je poussai un énorme soupir de soulagement.

– Oui, venez tout de suite, je vous en supplie ! Je crois que ma sœur est emprisonnée sous les décombres !

Ma trompe se rétracta à l'intérieur de mon visage pour ne laisser que mon petit nez humain. Je m'éclaircis la gorge. Étais-je encore capable de parler ?

– Kate ? fis-je. Oui, c'était bien ma voix. Ma propre voix humaine !

– Rachel ? C'est toi ?

– A ton avis ? Enfin, qui veux-tu que ce soit ?

En fait, je n'avais pas l'intention de me montrer sarcastique. Mais j'avais failli mourir de peur, et j'ai tendance à mordre, quand j'ai peur.

– C'est Rachel, ça va, constata Sara.

– Tu n'as pas de mal ?

– Je suis un peu secouée, mais je pense que je survivrai.

Si j'avais été sous ma forme humaine lorsque le plancher s'est effondré, à coup sûr, je serais morte ou en route pour un long séjour à l'hôpital. D'un autre côté, si j'avais été humaine, le plancher ne se serait pas effondré...

Que m'arrivait-il ? Pourquoi donc avais-je morphosé ?

Je disposais de quelques minutes pour réfléchir à la question avant que les ambulanciers, les pompiers, la police, ma mère et toute personne habitant dans un rayon de six pâtés de maison n'accourent. Mais il n'y avait aucune réponse.

J'avais morphosé sans l'avoir voulu.

Les pompiers m'extirpèrent des décombres. Ils ne cessaient pas de me dire de ne pas m'inquiéter. Mais de quel droit ? Ça leur était déjà arrivé, à eux, de se changer brusquement en crocodile, peut-être ? Savaient-ils seulement ce que c'était qu'une animorphe incontrôlée ?

Ils avaient réussi à me dégager quand ma mère revint à la maison. Elle se mit tour à tour à hurler, à gémir, puis à nous embrasser et à pleurer. On me mit dans une ambulance pour me conduire à l'hôpital où je devais subir un examen complet.

Je me retrouvai aux urgences pour un bon bout de temps. Je leur dis que j'allais bien, mais personne ne voulut me croire. Personne ne pouvait croire qu'une fille puisse se retrouver ensevelie sous une maison effondrée et s'en sortir sans une égratignure.

Et puis, les chaînes de télé découvrirent que j'étais aussi la fille qui était « tombée » dans la fosse aux crocodiles. Si bien que durant environ une heure, il me fallut répondre aux questions franchement stupides d'un tas de journalistes pendant que caméras et projecteurs se bousculaient devant mon visage.

J'étais assise dans mon lit d'hôpital, vêtue du justaucorps noir que je porte pour morphoser, totalement cernée par une forêt de micros braqués sur moi. Je ne pensais qu'à une chose : « Horreur ! Je dois être coiffé n'importe comment ! »

– Quel effet ça fait de tomber dans une fosse à crocodiles et ensuite de voir sa maison s'écrouler sur soi ?

– Plutôt mauvais effet, répondis-je.

– Ne croyez-vous pas que vous avez une chance incroyable ?

– Hum, non. Si j'avais eu de la chance, je ne serais pas tombée. Vous ne croyez pas ?

– Mais ni dans un cas ni dans l'autre vous n'avez été blessée.

– Je pense que gagner à la loterie, c'est avoir de la chance. Mais que ma maison s'écroule sur moi, ça ne me paraît pas excessivement chanceux.

Derrière les caméras, j'aperçus un visage familier. Cassie. Nos yeux se rencontrèrent. Je pus simplement hausser les épaules.

– Avez-vous un conseil à donner aux autres jeunes de votre âge ?

– Heu, oui. Je leur conseille de ne pas tomber dans les fosses à crocodiles et d'éviter de recevoir leur maison sur la tête.

Après ça, je suppose que les gens de la télé jugèrent que j'étais trop sarcastique et faisais preuve

d'un évident mauvais esprit. Ils estimèrent qu'ils avaient tout ce qu'il leur fallait. Ça tombait bien, parce qu'en ce qui me concernait, j'en avais vraiment marre.

– Tu te sens bien, mon petit cœur ? me demanda ma mère pour à peu près la millionième fois lorsque les caméras furent parties.

Cassie était juste à côté d'elle.

– Ouais, comment tu te sens ? fit-elle sur un ton prudemment neutre.

Je haussai les épaules.

– Je me sens très bien. Et je me sentirais encore bien mieux si, d'un coup, je pouvais cesser d'être l'Incroyable Miss Catastrophe.

Malheureusement, ma mère ne faisait pas partie de ceux à qui je pouvais parler ouvertement de ce qui s'était passé. Cassie, si. Mais il nous faudrait attendre d'être seules.

Ma mère rit gentiment et m'ébouriffa les cheveux.

– Tu es incroyable, Rachel. C'est un miracle que tu aies survécu. Je crois qu'on devrait tous remercier la Providence.

– Remercier la Providence ? Alors que la maison s'est écroulée sur moi ? Qu'elle est détruite !

– Nous avons une assurance, répliqua ma mère.

Puis elle sourit.

– Et en plus, nous pouvons intenter un super procès ! Écoutez, les maisons ne sont pas censées tomber en morceaux comme ça. Nous pouvons poursuivre l'entrepreneur, tous les fournisseurs et les sous-traitants, les inspecteurs municipaux, les anciens propriétaires, les…

Elle continua comme ça pendant un bon moment. Il faut vous dire que ma mère est avocate.

– Est-ce qu'on peut s'en aller d'ici, maintenant ?

– Les médecins disent que tu vas bien. Mais le problème, c'est de savoir où nous pouvons aller. Nous ne pouvons pas retourner à la maison, et…

– Papa !

Je l'ai vu surgir derrière Cassie. Mes parents sont divorcés. Mon père vit maintenant dans un autre État, mais je le vois une fois par mois. Presque tous les mois, en tout cas.

– Salut, Dan, fit ma mère de la voix faussement aimable dont elle use avec lui.

– Bonjour Naomi, dit-il dans sa version personnelle de voix faussement aimable. Puis, il ajouta d'une voix sincère :

– Qu'est-ce qui arrive à ma fille ?

Je haussai les épaules.

– Rien d'extraordinaire, Papa. Une journée comme les autres. Un petit plongeon dans la fosse aux crocodiles le matin et, après ça, la maison qui s'écroule sur moi.

Il éclata de rire.

Mon père est très cool. Il est lui-même journaliste télé. Mais pas comme ceux qui venaient de manquer de me rendre cinglée. Mon père, lui, fait des reportages fouillés et intelligents et il ne prend pas son public pour des imbéciles. Bref, il est plutôt du genre sérieux et responsable.

Enfin, il est sérieux à la télé. Dans la vie, il n'est pas du tout comme ça.

– J'ai vu le reportage sur l'histoire du zoo, expliqua-t-il. J'ai sauté dans le premier avion. Mais je n'aurais jamais imaginé que tu serais capable de réaliser un autre exploit bizarroïde dans la même journée !

– Ouais, eh bien je crois que ça suffira pour cette semaine, admis-je. Je pense avoir eu à peu près mon compte d'émotions fortes.

Il rigola et ma mère roula des yeux sévères. Elle croit que je lui préfère mon père. Ce n'est pas vrai du tout. Enfin pas vraiment. C'est juste que ma mère est toujours là, autour de moi. Et pas mon père.

– Où est-ce que vous allez tous vous installer ? demanda-t-il à ma mère.

– Chez ma mère, je suppose, répondit-elle, avant d'ajouter en marmonnant : jusqu'à ce que la charmante vieille dame me rende folle…

Mon père fit un hochement de tête compatissant.

– Écoute, je reste deux jours en ville. J'ai pensé que je pourrais servir plus ou moins de bouclier à Rachel. La protéger des médias.

– Ils ont l'air d'avoir laissé tomber cette histoire, répondit ma mère d'un air pas trop convaincu.

Mon père secoua la tête.

– N'y compte pas. Ils ne sont partis que parce qu'ils devaient respecter les délais de leurs journaux du soir. Mais c'est un trop bon fait divers pour qu'ils le laissent tomber comme ça. Maintenant, en tant que confrère, je devrais pouvoir en calmer quelques-uns.

– Rachel peut venir chez moi, intervint Cassie. Je sais que ça ne dérangera pas du tout mes parents.

Mon père lui fit un clin d'œil.

– Merci Cassie.

Puis il se tourna vers moi.

– Écoute Rachel, j'ai une suite à l'hôtel Fairview. Pourquoi ne viendrais-tu pas t'installer avec moi jusqu'à ce que l'affaire se tasse ? Avec le room service, le club de remise en forme, et tout ça...

– Ouah, c'est cool ! Heu, je veux dire, c'est d'accord, hein maman ?

Elle sembla se renfrogner.

– Bon, je suppose que c'est une solution.

Au même instant, je réalisai qu'une opportunité fabuleuse, parfaite, en or massif, venait de s'offrir à moi !

– Papa ? A propos de ce que tu as dit concernant toutes les émissions où on voudrait m'interviewer, tu ne crois pas qu'il vaudrait mieux que j'accepte de participer à l'une d'elles ? Une seule et, comme ça, les autres me ficheraient la paix. Non ?

Il hocha la tête.

– Mouais. Mais, ma chérie, rien ne t'oblige à participer à la moindre émission. Je suis capable de te débarrasser de tous les fâcheux qui pourraient t'importuner.

– Je pourrais quand même en faire une, malgré tout, insistai-je. En fait... qu'est-ce que tu penserais du Barry and Cindy Sue Show ? J'ai entendu dire qu'ils allaient venir en ville.

Mes parents parurent aussi déconcertés l'un que l'autre. Mais je vis dans les yeux de Cassie qu'elle commençait à réaliser où je voulais en venir.

– Barry et Cindy Sue ? fit ma mère.

– Rachel, pourquoi veux-tu participer précisément à l'émission de Barry et Cindy Sue ?

Je vis Cassie qui me regardait bouche bée. Comme si elle n'arrivait pas à croire que j'étais encore capable de penser à l'affaire de Jeremy Jason McCole dans un moment pareil.

– Ben, papa... c'est qu'il y a ce garçon. Cet acteur... cet acteur qui est vraiment mignon...

CHAPITRE 10

De l'hôpital, j'allai directement à l'hôtel de mon père. Tout le monde avait décidé que j'avais besoin de repos. Ce n'était pas vrai. Ce dont j'avais besoin, c'était de trouver des réponses à certaines questions. Et surtout à celle-là :

Qu'est-ce qu'il m'arrivait ?

La chambre d'hôtel se trouvait au vingt-deuxième étage. J'imaginais ce qui se passerait si je morphosais à nouveau en éléphant. Je tomberais de vingt-deux étages et je m'écraserais comme une énorme crêpe.

Mais, nom d'un chien qu'est-ce qu'il m'arrivait ? Je passais mon temps à inspecter mes mains et mes pieds pour m'assurer que je restais entièrement humaine.

J'avais besoin de parler à quelqu'un qui puisse comprendre. Quelqu'un à qui je pourrais vraiment me confier. Mon père était formidable, mais il passait son temps à répéter que le plancher n'aurait jamais dû s'effondrer. Après tout, la maison n'avait que dix ans. Et tant qu'on y était, on pouvait se demander pourquoi le zoo n'avait pas installé des garde-fous assez hauts pour empêcher les gens de tomber dans la fosse aux crocodiles ?

Je n'étais pas tombée dans la fosse des crocos. Et le plancher ne s'était pas effondré tout seul. J'avais morphosé en un animal dont le poids dépassait celui de deux grosses camionnettes. Les maisons ne sont pas faites pour les éléphants.

J'avais une envie folle d'appeler Cassie pour lui parler au téléphone. Mais nous avons une règle très stricte pour ce genre de choses. On ne peut jamais savoir qui peut écouter une conversation téléphonique. Je devais donc attendre.

Au lieu de Cassie, j'appelai le service d'étage.

– Je voudrais une salade avec du fromage. Puis... euh, disons... un cheeseburger avec des frites. Et une tourte aux cerises. Et annulez la salade.

Je me moquais de manger sainement ou pas. Je me moquais de grossir ou pas. J'avais faim. Ça avait été une longue et sale journée. Je méritais bien un peu de graisse et de sucre pour me remonter.

– Et est-ce que vous avez des milk-shakes ? Des milk-shakes au chocolat ?

J'attrapai la télécommande pour zapper sur les programmes du satellite. Mais il n'y avait que des films policiers, des films d'action et d'aventure… Et j'avais besoin d'une histoire d'amour, pleine de calme, de douceur et de beauté. Ma propre vie était un film d'action et d'aventure !

Le téléphone sonna. Je m'attendais à entendre quelqu'un du service demander confirmation de ma commande.

– Oui ?

– Tu es seule ?

C'était la voix de Cassie. Je faillis m'évanouir de soulagement. Je n'avais même pas pris conscience de l'incroyable état de tension où je me trouvais.

– Tu ne peux pas savoir comme je suis heureuse que ce soit toi ! Oui, mon père est sorti. Pour deux heures, au moins.

– Ta fenêtre peut s'ouvrir ?

J'allai vérifier. La fenêtre coulissa aisément.

– C'est bon. Tu viens ?

– Donne-moi cinq minutes. Fais clignoter la lumière deux fois que je puisse repérer ta fenêtre.

Je passai les cinq minutes à rappeler le service d'étage pour commander à nouveau la salade. Et une autre part de tourte. Pour Cassie.

Je l'attendais, mais je ne pus m'empêcher de sursauter lorsqu'un grand duc fit irruption par la fenêtre, toutes ailes déployées.

< La voie est libre ? > demanda Cassie avec inquiétude.

– Ouais. Mais dépêche-toi de démorphoser. Le serveur doit passer.

Voir quelqu'un morphoser (ou démorphoser) n'est jamais un joli spectacle. En fait, ça peut être la chose la plus horrible au monde. Si vous ne vous y attendez pas et si vous y assistez pour la première fois, je vous promets que vous allez détaler en hurlant comme un malade !

Et c'est tout particulièrement atroce avec certaines animorphes. Croyez-moi, ce n'est jamais plai-

sant de regarder quelqu'un se changer en mouche ou en araignée. Vous pensez peut-être avoir vu des scènes effrayantes à la télé ou dans des films d'horreur ? Eh bien, regardez plutôt un de vos amis se transformer en insecte. Ça occupera tous vos rêves pendant quelques bonnes semaines.

Mais si quelqu'un est capable de morphoser sans que la chose soit totalement ignoble et terrifiante, c'est Cassie. Cassie a un don naturel pour ça. Une habileté naturelle.

Elle parvenait à conserver un air presque normal tandis que ses plumes se fondaient dans sa peau et disparaissaient. Ça ne sembla même pas excessivement bizarre de voir ses longues et fortes jambes humaines pousser à partir des courtes serres meurtrières du hibou.

C'est sa tête qui changea en dernier. Cassie a la faculté particulière de pouvoir plus ou moins contrôler l'ordre dans lequel ses organes morphosent. Pour ma part, j'en suis bien incapable. Même Ax n'y arrive pas.

En fin de compte, les grands yeux ronds du hibou redevinrent les yeux sombres et profonds de Cassie.

A cet instant, on frappa à la porte. Je levai la main pour rassurer Cassie.

– Ce n'est que le service d'étage. Tu aimes la tourte, je crois ?

Le serveur poussa une petite table roulante dans la pièce. Elle était chargée de mon cheeseburger, de la salade de Cassie, des deux parts de tourte et de mon milk-shake. Je signai l'addition et ajoutai un pourboire. J'étais déjà descendue dans des grands hôtels avec mon père, et je commençais à bien connaître les us et coutumes de ces endroits.

Cassie se mit à rire quand le serveur fut parti.

– Tu vas devoir être riche quand tu seras grande, Rachel. Je veux dire, tout ça a l'air si naturel pour toi. Tu cadres parfaitement dans le décor.

– J'ai un talent naturel pour dépenser des sous, répliquai-je en souriant. Que veux-tu que je te dise ? C'est le fardeau qu'il me faut porter.

– Ok, fit Cassie, redevenant sérieuse. Maintenant, raconte-moi. Qu'est-ce qu'il s'est passé ?

– Quoi ? Tu veux dire que tu ne crois pas que le plancher de ma chambre s'est tout simplement effondré ?

Elle secoua la tête.

– Non.

Je mordis dans un gros morceau de burger, mastiquai et l'avalai.

– Je pense que j'ai dû m'endormir. J'étais devant mon PC, en train de surfer sur le Web... Et tout à coup, je me suis retrouvée en train de morphoser dans le gros crocodile du zoo.

Sur quoi, je haussai les épaules et pris un autre morceau de cheeseburger.

– Tu as juste commencé à morphoser ?

– Ouais. Je sais pas... mais ce que je veux dire, c'est que je croyais être réveillée. Mais je devais être en train de rêver.

– Mmoui, moui. Je rêve tout le temps, rétorqua Cassie. Mais je n'ai jamais morphosé dans mon sommeil.

Je ne voulais pas abandonner l'idée que c'était un rêve qui m'avait fait morphoser. L'autre éventualité, qui signifiait que j'avais tout bonnement perdu le contrôle de la situation, m'apparaissait bien pire.

– Est-ce que tu vas te décider à manger cette salade ? Elle coûte au moins dix dollars.

– Nous faisons tous des cauchemars, et tout ça. Pas un seul d'entre nous n'a jamais seulement commencé à morphoser.

Cassie commença à piocher dans sa salade. Mais elle ne me quittait pas des yeux.

Je me concentrai sur ma nourriture.

– Que veux-tu que je te dise ? Ça s'est forcément passé comme ça. J'ai dû faire un cauchemar.

– Et tu as morphosé en croco et c'est ça qui a fait s'écrouler le plancher ?

Je remuai nerveusement sur ma chaise.

– Bon d'accord, écoute, en fait, c'était mon animorphe d'éléphant. Tu vois, je pense que ce qui s'est passé, c'est que j'ai peut-être seulement rêvé la partie où j'ai morphosé en crocodile. Parce qu'ensuite, je suis passée directement à une autre animorphe, et puis... quand je me suis réveillée... j'étais un éléphant.

Cassie contemplait le fond de son assiette comme si elle était embarrassée.

– Rachel. C'est moi, d'accord ? Moi, Cassie. Ta meilleure amie. Je sais quand tu ne dis pas toute la vérité.

Ça acheva de me couper le peu d'appétit que j'avais encore. Je reposai le cheeseburger.

– Bon, alors voilà. Je ne sais pas ce qui s'est passé, tu comprends ? Je surfais sur le Web, je commençais à devenir un peu léthargique, comme chaque fois que je regarde un peu longtemps un écran d'ordinateur. Et tout d'un coup, je commence à devenir un crocodile.

– Il va falloir qu'on en parle à Ax. C'est un Andalite. C'est peut-être un phénomène normal qui se produit de temps à autre.

– Il vaudrait mieux que ce ne soit pas un truc qui puisse arriver une autre fois. J'aurais pu tuer Kate et Sara. Ça a juste été un énorme coup de bol qu'elles aient été dans le séjour et pas dans la cuisine.

– Ouais, approuva Cassie en hochant la tête. Eh bien, il faut qu'on en parle à Ax.

Je tendis le bras par-dessus la table et lui pris la main.

– Mais pas à Jake, d'accord ? Il va encore en faire toute une histoire. Il ne voudra rien me laisser faire. Il va m'ordonner de rester à la maison.

– C'est bien ce que tu devrais faire.

– Non, protestai-je en secouant violemment la tête. Ce dont j'ai besoin, c'est de rester concentrée. Plus je serais concentrée, moins il y aura de risques de voir se reproduire ce qui s'est passé.

J'espérais vraiment que c'était vrai.

Je repris mon cheeseburger. Cassie me dévisagea pendant un moment, puis elle se remit à picorer sa salade.

– Bon, c'est d'accord, finit-elle par accepter. Mais on parle à Ax.

– Affaire conclue !

– Au fait, il semblerait que Jeremy Jason McCole soit déjà en ville.

– Quoi ?

Elle hocha la tête, puis elle sourit.

– C'était sur Boulevard des stars. Il est installé à bord du gros yacht de je ne sais plus quel producteur de cinéma. Il navigue dans la baie à l'heure qu'il est.

– Il faut encore qu'on découvre s'il est déjà un Contrôleur ou pas, rappelai-je à Cassie. J'ai demandé à Kate ce qu'elle ferait s'il y avait un quelconque moyen d'approcher de Jeremy Jason

McCole. Elle m'a pratiquement avoué qu'elle serait prête à marcher pieds nus sur du verre pilé ou des charbons ardents pour l'approcher.

– Ça ne m'étonne pas, reconnut Cassie avec un sourire en biais. Il y a un an, j'aurais sans doute fait la queue derrière elle. La force de l'amour ne connaît pas de limites.

J'attaquai à nouveau mon repas.

– Alors ? On va voir Jeremy Jason sur ce yacht ? Le producteur de cinéma pourrait être un Contrôleur.

– C'est ce qu'on s'était déjà dit, avec tous les autres. On a pensé qu'on pourrait y aller demain après l'école, histoire de jeter un coup d'œil.

– Jake, Marco, Tobias, Ax... tous les autres ? Ils vont tous venir ?

– Je ne sais pas pourquoi, mais on dirait qu'ils ne sont pas très chauds pour nous laisser toutes les deux seules avec Jeremy Jason.

– Sur un yacht, mmh ? fis-je d'un air songeur. Il sera sans doute allongé au soleil en maillot de bain.

– Mmmmh !

– Mmm-mmmh !

CHAPITRE 11

Je me réveillai à peu près une cinquantaine de fois au cours de la nuit. Je voulais sans cesse m'assurer que j'étais toujours humaine. Et j'avais tendance à faire des rêves pour le moins bizarres. Il y en avait un où je morphosais en Jeremy Jason avant de me retrouver avec des yeux de mouche.

Bref, je n'ai pas franchement bien dormi cette nuit-là. Vers les quatre heures du matin, mon père avait débarqué de la chambre voisine pour me dire que je l'avais réveillé en parlant dans mon sommeil.

– Tu criais : « Pas alligator, crocodile ! » m'avait-il expliqué.

Fort heureusement, il s'était dit que c'était une réaction somme toute naturelle à toute la tension accumulée pendant la journée insensée que je venais de vivre. Sauf qu'il ne savait pas la moitié de ce qu'il s'était passé…

Je pris un taxi de l'hôtel au collège. C'est plus rapide et confortable que le bus, ça c'est sûr. Peut-être que Cassie a raison. Peut-être qu'il faudrait que je sois riche quand je serais grande ?

Pendant les deux premières heures de cours, un certain nombre de mes camarades de classe entreprirent de me submerger de brillantes réflexions du style : « Hé, v'là Crocodile Dundee ! » ou encore, « Reste pas à côté de moi, j'ai pas envie de me ramasser l'école sur la tête ! »

Et puis il y avait ceux et celles qui semblaient positivement jaloux. Comme cette fille qui me fit :

– Je parie que tu te prends pour quelqu'un de super cool rien que parce que t'as failli te faire tuer deux fois dans la même journée, hein ?

– Ouais, c'est vrai, répliquai-je. Et la prochaine fois, rien que pour montrer ce que je peux être cool, je crois que je vais me jeter du haut d'une falaise.

Après le déjeuner, rares étaient ceux qui n'avaient pas encore compris que je ne tenais pas précisément à parler de tout ça.

C'est alors qu'on m'appela au bureau du directeur.

Au bureau de Chapman.

Là, je crois qu'il faut que je vous explique. Chapman est l'un d'eux. C'est un Contrôleur de haut rang. C'est un des dirigeants du Partage.

Il a déjà été une fois à deux doigts de me tuer. D'accord, il ne savait pas que c'était moi, pas exactement. N'empêche que ça m'est resté quand même en travers de la gorge.

Je longeai le couloir désert, serrant dans ma main la convocation et me demandant comment je pourrais m'échapper si Chapman m'attendait avec un commando de guerriers hork-bajirs.

– Ah, Rachel ! Entre, entre donc et prends un siège.

Chapman semblait parfaitement normal. C'est ça, le problème, avec les Contrôleurs : ils n'ont pas du tout l'air différent des gens normaux.

– Euh, c'est à quel sujet, monsieur Chapman ? demandai-je avec nervosité.

Je jouai le rôle de n'importe quel élève qui se retrouve convoqué au bureau du dirlo. C'est très logique, et très facile d'avoir l'air nerveux dans un cas pareil.

Il balaya l'air de la main, comme pour chasser mes craintes.

– Je voulais juste parler à la grande célébrité.

Je m'assis, mais restai sur mes gardes, prête à bondir au moindre danger. Chapman me suspectait-il ? Avait-il compris que je n'étais pas simplement tombée dans la fosse aux crocodiles ? Avait-il compris que j'étais le crocodile qui avait conduit le petit garçon en sûreté ?

Si c'était le cas, j'étais déjà de la viande froide. Les Yirks s'imaginent que nous sommes un groupe de rebelles andalites. En fait, ils savent qu'ils sont la cible des attaques d'une bande d'individus capables de morphoser. Mais il ne leur est jamais venu à l'idée que des humains pouvaient morphoser.

S'ils savaient la vérité... Bon, eh bien c'est une des excellentes raisons pour lesquelles nous nous efforçons de garder le secret sur la vérité en question.

– Or donc,

– Or donc, acquiesçai-je.

– Hier, tu as vécu une drôle de journée, commença Chapman.

– Oui, M'sieur.

– Tu as eu beaucoup de chance. Et deux fois de suite.

– Oui. Je suppose. Mais je crois qu'en regardant les choses de mon point de vue, j'ai plutôt été malchanceuse deux fois de suite.

Il hocha longuement la tête, comme si j'avais dit quelque chose de très profond.

– Pas de blessures ?

Je secouai la tête.

– Non.

– Stupéfiant, fit-il. Puis il plissa les yeux et me fixa intensément. Rachel, tes notes ont fléchi lors du dernier semestre. Pas énormément. Mais tes professeurs pensent que tu ne t'appliques pas aussi bien qu'auparavant.

– J'ai toujours un A de moyenne, lui fis-je observer.

– Tout juste.

Je me tortillai sur ma chaise. Je nageais en pleine folie. Je ne savais pas si j'étais interrogée par un redoutable Contrôleur qui soupçonnait ma véritable identité, ou si je me faisais simplement sermonner par un dirlo pour une histoire de mauvaises notes !

– Y a-t-il eu un changement quelconque dans ta vie, ces derniers temps ?

Je faillis avaler ma langue. S'il y avait eu un changement quelconque ? Comme, par exemple, recevoir le pouvoir de morphoser d'un extraterrestre mourant et me retrouver à combattre l'invasion de la Terre par des limaces parasites venues d'une autre galaxie ?

– Euh… non, pas du tout. Il n'y a rien eu d'extraordinaire.

Il me fit un sourire plein de compréhension.

– Tes parents ont divorcé, n'est-ce pas ? Et ton père est parti vivre ailleurs ?

J'essayai de ne pas sembler trop soulagée. Mais je poussai un soupir bien profond.

– Ah, ouais. Ça, bien sûr… Évidemment. Oui, peut-être bien que mes notes ont un peu baissé. Ça doit être pour ça. Vous savez, le traumatisme, le stress et tout ça.

Je sentais mes pieds me démanger. C'était

bizarre de ressentir une chose comme ça dans un moment pareil, assise en face de Chapman qui me dévisageait comme si j'étais un mystère qu'il s'efforçait de percer. N'empêche qu'ils me démangeaient. Et je me sentais envahie d'étranges bouffées de chaleur... sur tout le corps.

– Eh bien, ainsi que tu le sais, ou peut-être pas, Rachel, je suis le responsable local d'un merveilleux mouvement qui s'appelle le Partage.

Et c'est alors que mon cœur a cessé de battre.

CHAPITRE 12

Mon cœur arrêta de battre pendant environ quatre secondes avant de repartir, mais cette fois à deux cents kilomètres à l'heure.

– Oui oui, fis-je en essayant de ne pas me laisser submerger par le flot d'adrénaline qui se déversait dans mes veines.

« Tiens-toi prête, me dis-je à moi-même. Tiens-toi prête. »

– Nous aimons croire que nous pouvons offrir une certaine aide aux jeunes qui traversent un moment difficile, m'expliqua Chapman. Je t'assure qu'on ne s'ennuie pas souvent chez nous. On va camper dans la nature. On se fait des barbecues sur la plage. Il y a tout juste un mois, nous avons organisé un super stage de ski nautique sur un lac de montagne.

Là, j'aurais pu répliquer : « Oui, je sais. Nous étions là, nous aussi, mais pas précisément sous nos formes humaines... »

Mais je me contentai de répondre :

– Ça a l'air drôlement sympa.

– C'est sympa effectivement, répéta Chapman d'une voix absolument sincère. Et, vois-tu, beaucoup de nos membres sont des jeunes dont les parents ont divorcé. Des garçons et des filles à problèmes. Mais ce sont aussi des jeunes gens qui ont décidé de changer de vie, qui souhaitent la rendre meilleure. Ce sont des jeunes remplis d'espoir, bourrés d'optimisme. Quand j'ai vu la façon remarquable dont tu te comportais, hier soir, au journal télévisé, eh bien vois-tu, je me suis dit : je devrais offrir cette occasion là à Rachel. Elle est exactement le genre de personne qui devrait pouvoir tirer un authentique profit du Partage.

– De quoi avais-je l'air, à la télé ? lui demandai-je.

– D'avoir une très grande maîtrise de toi. D'être très attirante et très mature.

– Ça, c'est chouette.

– Mais... soupira-t-il, en même temps, je ne peux

m'empêcher de me demander si tu n'as pas quelques problèmes dans ta vie. Vois-tu, tous les témoignages disent que tu es tombée dans la fosse aux crocodiles...

Je retiens mon souffle. Je le vois venir ! Il me soupçonne !

– ... mais je ne crois pas aux accidents. Et je me demande si tu n'as pas quelques problèmes qui t'auraient rendue, nous dirons imprudente ?

Je laissai échapper une espèce de rire. Et puis je me tus. Il croyait que j'avais voulu me suicider ! Imaginait-il aussi que j'avais scié le plancher de ma chambre ? Mais bien sûr ! Voilà pourquoi il essayait de me recruter dans le Partage. Il croyait que j'étais déprimée ou je ne sais quoi. Bref, une parfaite recrue pour son infecte petite organisation de Contrôleurs.

Ok, d'accord. Où est-ce qu'on doit signer, M'sieur Chapman ? Dites, vous faites pas une réduction pour les Animorphs ?

Je secouai la tête.

– Non. En fait, je suis très heureuse.

Une fois de plus, je sentis comme une multitude d'aiguillons, de pointes de chaleur courir tout le long de mon corps. C'était devenu une sensation familière…

Oh, non !

Oh, non ! Mes pieds !

Je baissai les yeux et dus faire appel à toutes mes ressources de maîtrise de moi-même pour chasser l'expression d'horreur absolue qui s'affichait sur mon visage.

Mes pieds enflaient. Ils grossissaient et se couvraient d'une épaisse, d'une hirsute fourrure brune. Ils gonflaient et écartelaient mes pauvres chaussures. Leurs lacets se tendaient à craquer.

– Je sais que tu dis que tout va bien, Rachel, mais…

Krrrr-SHLACK !

Il fronça les sourcils.

– Qu'est-ce que c'est ?

Krrrr-SHLACK !

– Rien ! Rien du tout, fis-je d'une voix innocente.

– J'ai cru entendre quelque chose éclater.

Mes lacets avaient craqué sous la pression. Mais je secouai la tête :

– Non, non.

– En tout cas, ce que je disais, c'était que... Rachel ? Tu écoutes ?

Non. Je n'écoutais pas. J'étais bien trop occupée à vérifier si d'autres parties de moi-même n'avaient pas déjà commencé à se transformer en grizzly. Parce qu'il faut vous dire que ces pieds, je les avais déjà vus. Et c'était des pieds d'ours.

– Euh, oui ! Oui, je vous écoute de toutes mes oreilles !

Et en même temps, je me hurlais à moi-même :

« Oh non, par pitié ! Pas question ! Pas ici ! Pas dans le bureau de Chapman ! » Je me concentrai. De toutes mes forces, je m'ordonnais : « démorphose ! »

Et Chapman continuait de débiter son discours lamentable. Il me peignait un tableau enchanteur du Partage. Et pendant qu'il parlait, mes chaussures se retrouvaient en lambeaux. Et mes jambes, depuis les genoux jusqu'aux pieds, se couvraient d'une épaisse et longue fourrure brune, tandis que de puissantes griffes prenaient la place de mes orteils.

– Enfin, bref, fit Chapman en regardant soudain sa montre. Je parle, je parle, mais tu dois retourner en cours.

– Quoi ? m'exclamai-je, soudain prise de panique.

– Essaie simplement de réfléchir à ce que je t'ai dit, Rachel, conclut Chapman. Maintenant, retourne en classe. Et sans traîner en route.

Je hochai la tête, incapable de prononcer un mot. Que pouvais-je faire ?

Je me penchai et ramassai d'un geste vif les restes déchiquetés de mes chaussures pour les enfouir dans mon sac à dos.

En fait, mes pieds ressemblaient à d'énormes bottes en fourrure.

En fait...

Je me levai de mon siège et allai vers la porte. La main sur la poignée, je m'arrêtai et je me retournai. Chapman avait les yeux fixés sur mes pieds.

– Vous aimez mes nouvelles bottes ?

– Ah, fit Chapman en souriant, vous autres, les jeunes, les trucs que vous pouvez porter !

– Eh oui, que voulez-vous ? J'ai bien peur d'être une victime de la mode !

Sur ce, je décampai vite fait. Le temps que j'atteigne les toilettes des filles, mes pieds avaient retrouvé leur aspect habituel. Je me rendis pieds nus au vestiaire de la salle de gym et récupérai mes chaussures de sport.

Je tremblais encore plus que la veille après m'être retrouvée dans la fosse aux crocodiles.

Après tout, un crocodile peut seulement vous tuer. Chapman est un Yirk. Et ces gens-là peuvent vous infliger des traitements auprès desquels la mort n'est qu'une joyeuse plaisanterie.

CHAPITRE 13

Je comptais interroger Ax au sujet de mon petit problème. J'avais promis à Cassie de le faire. Mais tout de suite après l'école, nous avions rendez-vous pour notre mission. Et si j'avais tout raconté à ce moment-là, tout le monde m'aurait dit de rester à la maison.

Ça aurait peut-être été plus malin.

Mais, finalement, cette façon soudaine et inattendue de morphoser ne s'était produite qu'à deux reprises. La première fois, cela avait été une complète catastrophe. Mais lors de la seconde, seuls mes pieds avaient morphosé.

A l'évidence, quelle que soit la cause de mon problème, mon état s'améliorait. Selon toute probabilité, la chose ne reproduirait jamais plus.

Selon toute probabilité.

J'appelai mon père sur son téléphone portable dès que je sortis du collège.

– Papa ? Tu es en réunion ?

– Non, ma belle, je suis devant le tribunal et j'attends le type que je dois interviewer. Qu'est-ce qu'il y a ? Tu vas bien ?

– Mais oui. Je ne suis tombée dans aucune fosse et pas un bâtiment ne s'est écroulé sur moi. Jusqu'à maintenant. Je voulais juste te dire que j'allais faire un tour avec Cassie. On va sans doute se balader dans le centre-ville, passer à la bibliothèque ou je ne sais pas quoi.

– Ok. Eh bien essaie de rentrer à l'hôtel à six heures, d'accord ? Je voudrais dîner avec toi. Prends un taxi, si nécessaire. Tu as assez d'argent ?

– Oui. Je te vois au dîner.

Puis, j'appelai ma mère à son travail, tombai sur sa boîte vocale et lui laissai un court message.

J'étais franchement triste de constater à quel point il m'était devenu facile de mentir. J'imagine qu'à l'occasion, il arrive à bien des jeunes de mentir à leurs parents. Mais c'est une chose qui m'arrive bien trop souvent. J'espère qu'un jour je pourrais dire toute la vérité à tout le monde. Ça sera un grand soulagement.

En attendant, nous devions tous nous retrouver dans les airs au-dessus de la plage. C'était le plan. A l'exception d'Ax et de Tobias, nous disposions tous d'une animorphe idéale parfaitement adaptée à la situation. Mais c'était une animorphe que je n'avais jamais utilisée bien longtemps.

L'aspect le plus délicat de la chose consistait à trouver un endroit sûr pour morphoser. Je me dirigeai vers les arbres qui bordaient le terrain d'athlétisme. Malheureusement, des jeunes venaient parfois dans ce coin-là, et je ne pouvais pas prendre le risque d'être vue.

Heureusement, Tobias arriva à ma rescousse.

< Hé, Rachel ! Si tu m'entends, gratte-toi la tête. >

Je me grattai la tête et, d'un air innocent, je levai le nez vers le ciel où j'aperçus la silhouette d'un faucon à queue rousse qui se découpait sur un gros nuage blanc.

< Il y a trois personnes dans le bosquet mais

elles s'en vont. Elles seront parties le temps que tu arrives. >

Je ne pouvais pas répondre parce qu'on ne peut utiliser la parole mentale que lorsqu'on est dans une animorphe. Mais j'avais une confiance absolue dans Tobias. Les yeux des faucons sont à peu près cent fois plus efficaces que les yeux humains. Tobias aurait pu me dire combien de souris, de rats, de putois, de crapauds et d'écureuils il y avait dans ce bosquet. Sans parler du nombre d'humains grossiers et bruyants qui traînaient dans le coin.

Je m'enfonçai rapidement sous les arbres. Il y avait des tonnes de saletés : canettes de soda, emballages de chips et sacs de fast food. J'éclatai de rire, parce que pour l'animorphe que j'allais adopter, cette vaste poubelle était un monde de rêve.

< Toujours personne alentour, m'annonça Tobias. Il y a quatre gars qui se dirigent vers toi en venant de l'école, mais tu seras partie avant qu'ils arrivent. >

Je hochai la tête. Puis, je me concentrai sur mon animorphe. Et j'essayai de ne pas me concentrer sur le fait que l'action de morphoser était devenue pour moi excessivement étrange depuis la veille...

comme si la chose avait été des plus normales le reste du temps.

Je commençai à rétrécir très rapidement. Aiguilles de pin, feuilles mortes, canettes de bière et ordures en tout genre se ruèrent à ma rencontre.

Rétrécir procure une sensation très bizarre, en fait très proche de la chute. Vous ne vous dites pas : « Eh, mais je rétrécis ! » Vous vous dites : « Eh, mais je tombe ! »

Vous tombez, encore et encore, mais au bout du compte, vous n'atterrissez jamais. Simplement, une canette qui était au départ de la taille de votre pied devient aussi grosse que la moitié de votre corps. Et un sac en papier que vous pouviez aplatir sous votre semelle est maintenant si grand que vous pourriez vous glisser dedans. Des feuilles plus petites que votre main ressemblent à des tapis de bain.

A mesure que je rétrécissais, je voyais ma peau devenir blanche. Blanche comme la neige. Comme le papier. Et puis, lorsque je fus devenue un spectre inquiétant, mais de plus en plus rétréci, les plumes commencèrent à se dessiner. Des plumes minces, resserrées, délicates. Bien plus petites que celles des animorphes de chouette ou d'aigle que j'avais l'habitude de pratiquer.

Mes dents se soudèrent ensemble et commencèrent à saillir à l'extérieur de ma bouche, pour former une sorte de protubérance cornée. Continuant de pousser en avant, elle se fendit à l'horizontale, achevant de constituer un bec crochu.

J'étendis largement mes bras et vis qu'ils formaient déjà des ailes. Pas les larges et puissantes ailes d'un aigle. Mais des appendices plus courts, plus effilés, plus étroits, plus agiles.

J'étais devenu l'oiseau qui est loin d'être en voie d'extinction. L'oiseau qui vit sur sept continents sur sept. L'oiseau qui semble prospérer dans tous les environnements.

J'étais la formidable mouette.

Mangeuse de poisson, de frites, de sucreries en tout genre, d'œufs, de hamburgers, de pop-corn, de steak haché, de tranches de petits légumes, de cerises au marasquin, de soufflé au fromage, de burritos, et de pratiquement toutes les spécialités culinaires jamais inventées.

La reine des éboueurs ! La princesse des ordures !

Je battis des ailes et je m'envolai. Je les remuai avec énergie et m'élevai par-dessus la cime des arbres. Au-dessous de moi, toute la beauté du monde se révélait à mon regard vif de mouette.

La nourriture s'étalait partout ! Chaque endroit où les humains jetaient leurs ordures était pour moi un restaurant. Le dépotoir derrière l'école ! Les parkings des supermarchés ! Je voyais tout ça. Je repérai chaque emballage de sucrerie susceptible de contenir encore quelque chose. Je remarquai le moindre débris comestible qui pouvait traîner sur la route.

D'autres oiseaux devaient tuer pour se nourrir. D'autres oiseaux étaient confinés dans d'étroites niches écologiques, limités à une ou deux sortes de nourritures acceptables. Pas moi. Je pouvais me gaver de cochonneries et d'ordures.

Et c'est pourquoi le ciel était envahi de mes frères et sœurs. J'en voyais partout, toujours à proximité du sol, toujours à l'affût de la prochaine miette de pain.

Soudain, je repérai une forme dangereuse au-dessus de moi… la silhouette sombre d'un oiseau de proie. Mais je ne m'inquiétai pas trop. Il volait très haut, et j'étais rapide et très agile.

Je battis des ailes avec force et pris de la vitesse, filant telle une fusée au ras de la cime des arbres et des toits, voltigeant entre les fils téléphoniques, rasant sans effort les pelouses, les allées et les jardins…

< Tu t'amuses bien, Rachel ? >

« Qu'est-ce que… ? »

< Salut ! Salut là-dedans, Rachel. Dis-moi, tu ne serais pas en train de te laisser contrôler par ton animorphe, par hasard ? >

Il me fallut quelques secondes pour réagir. La voix dans ma tête appartenait à Tobias. Tobias était un humain. Et moi aussi.

« Ho, salut Rachel ! Réveille-toi ! »

< Désolée, Tobias. Je me suis retrouvée plus ou moins piégée dans la tête de la mouette pendant une minute. Je ne m'y attendais pas. J'avais déjà essayé cette animorphe auparavant, alors je n'étais pas sur mes gardes. >

C'était franchement très embarrassant. Lorsque vous adoptez une animorphe pour la première fois, vous avez le plus grand mal à contrôler l'esprit de l'animal. Ce que je veux vous expliquer, c'est que lorsque j'ai morphosé en crocodile, bien que parfaitement préparée, je me suis retrouvée prête à dévorer cet enfant.

Mais j'avais déjà été une mouette auparavant. Je n'aurais jamais dû avoir la moindre difficulté avec elle.

< Tu vas bien, Rachel ? > me demanda Tobias.

< Ouais, ouais. Je vais très bien. J'aimerais juste que tout le monde cesse de me demander comment je vais. Je-vais-bien ! >

Ça n'avait rien à voir avec le problème de morphose incontrôlée. Ce n'était qu'un détail mineur. Un simple petit manque de concentration.

« Vraiment pas de quoi s'inquiéter. » Du moins, c'est ce que je me disais.

< Tu sais comment rejoindre la plage, d'ici ? >

< Bien sûr, que je connais le chemin de la plage ! >

J'étais furieuse sans véritable raison.

< Ooook. On se retrouve là-bas ! >

Tobias vira et je continuai sur ma lancée. S'il y avait une chose que la mouette connaissait, c'était bien le chemin de la plage !

N'empêche que je n'étais pas une joyeuse petite mouette.

Il y avait quelque chose qui n'allait pas chez moi. Et ça ne sembla pas s'arranger.

CHAPITRE 14

Nous nous sommes retrouvés haut dans le ciel, au-dessus de la plage. Quatre mouettes qui paraissaient on ne peut plus normales parmi des centaines d'autres mouettes. Et encore plus haut, planant sur les courants thermiques, un faucon à queue rousse et un busard.

Le busard, c'était Ax. Il n'avait jamais eu l'occasion d'acquérir une mouette. Son animorphe de busard était un genre de faucon, à peu près de la même taille que Tobias.

< Bon, est-ce que tout le monde est prêt à y aller ? > demanda Jake.

Il était une des mouettes criardes qui virevoltaient tout autour de moi, mais je n'aurais pas vraiment su dire laquelle.

< On y va ! > lançai-je.

C'est le genre de truc que je dis presque toujours au début d'une mission. Tous les autres s'attendaient à m'entendre le dire.

La vérité, c'était que je me sentais nerveuse, inquiète et dépourvue de toute confiance en moi. Mais les autres s'attendaient à me voir déborder d'enthousiasme naïf, comme d'habitude. Si je m'étais comportée autrement, ils auraient tout de suite compris que j'avais un gros problème.

< Bon sang, quelle surprise ! ricana Marco. La terrible Xena est prête à y aller… Il faut alerter les médias ! C'est un scoop de premier plan ! >

< Oh, boucle-la, Marco>, lui dis-je.

< Bon, alors on vole, on trouve ce yacht et ensuite il faut qu'on calcule notre coup pour savoir comment on va procéder à partir de là, intervint Jake. D'accord ? >

< Il faudrait déjà qu'on arrive à le trouver, le yacht >, fit observer Marco.

< Ça, c'est pas un problème. Il est là, à peut-être cinq kilomètres au large, et il suit un cap sud-est. Il y a trois personnes sur le pont. Mais je ne peux pas

distinguer leurs visages, reconnut Tobias avant d'éclater de rire. C'est ça, les yeux de faucon, les p'tits gars ! Vous, les mouettes, continuez de fouiller vos tas d'ordures. Moi, je me charge de la surveillance à longue distance. >

< Tu es sûr que c'est le bon bateau ? > demanda Jake.

< C'est la Brise de jour, exact ? >

< Ne me dis pas que tu peux lire le nom d'un bateau à cinq bornes de distance, intervint Marco. J'ai déjà été un aigle pêcheur, tu te souviens ? T'as de bons yeux, mais tu n'es pas Superman ! >

< Bien vu ! avoua Tobias. D'accord, je ne peux pas lire la totalité du nom sur la coque du bateau. Mais j'arrive à distinguer le B, et j'ai osé une habile supposition. Je parie que c'est celui de notre petit acteur chouchou de ces dames. >

< Ça marche, fis-je. Allons voir ça de plus près. >

On se taquine toujours un peu comme ça avant nos missions. Quant à moi, ça me faisait du bien de passer enfin à l'action. Je préférais mille fois agir que de rester sur mon derrière en attendant de me mettre à morphoser de manière incontrôlée.

Et puis, c'est vrai, j'espérais toujours avoir l'occasion de rencontrer Jeremy Jason McCole. Peut-être de lui sauver la vie, ou je ne sais quoi...

A ce moment, Tobias s'est adressé à nous :

< Il vaut peut-être mieux que vous laisse ici, les gars. Je ne vole pas bien au-dessus de l'eau. Plus d'ascendances thermiques. Le busard d'Ax risque lui aussi d'avoir du mal à suivre, mais lui, il pourra toujours morphoser en autre chose et rentrer à la nage. Pas moi. >

Nous avons dit au revoir à Tobias. Je sais qu'il est furieux de ne pas pouvoir nous accompagner dans chaque mission. Je crois qu'il doit avoir le sentiment de ne pas en faire assez. Ce qui est parfaitement idiot, car personne n'en fait plus dans cette guerre que Tobias.

Et aucun d'entre nous n'a payé un prix plus lourd que Tobias dans la bataille que nous livrons contre les Yirks.

Nous nous sommes éloignés à grands coups d'ailes vers le large, nous détachant lentement du nuage de mouettes criardes. Nous avons survolé la limite du sable et des rouleaux des vagues, avant de poursuivre notre vol au-dessus des eaux vertes, puis d'un bleu de plus en plus profond.

Nous devions lutter contre une brise de mer qui soufflait de face et ne facilitait guère notre progression. Mais c'était justement pour affronter de telles adversités que les mouettes étaient faites. Le cerveau de la mouette savait exploiter la moindre accalmie du vent. Et son corps était pratiquement infatigable.

En revanche, le busard d'Ax vivait des moments plus difficiles. Les faucons sont faits pour monter en flèche, ou pour piquer sur leurs proies. Ils savent utiliser à merveille les courants thermiques, les formidables ascendances d'air chaud. Mais ce ne sont pas des voiliers au long cours. Ils ne peuvent pas battre des ailes indéfiniment.

Mais sa vision n'en restait pas moins d'une portée bien supérieure à la nôtre.

< Je vois clairement le bateau, à présent >, nous annonça Ax.

Il ne se plaignait pas, mais on sentait à sa voix qu'il était fatigué.

< J'arrive à lire son nom très clairement. C'est

bien Brise du jour. Il y a quatre humains sur le pont, maintenant. Deux mâles plus âgés. Une femelle d'âge moyen. Un mâle juvénile. >

< C'est Jeremy Jason ? > voulut savoir Cassie, tout excitée.

< Ça ne peut être que lui >, remarquai-je.

< Est-ce qu'il a des cheveux brun-blond et de grands yeux bleus irrésistibles ? >

< Et des lèvres pleines ? ajoutai-je. Comme celles de Brad Pitt ? >

< Heurk ! Arrêtez, je vais vomir ! > grogna Marco, bien entendu.

< Les cheveux et les yeux sont ainsi, répondit Ax. Cependant, je ne saurais évaluer les lèvres. Quelle devrait être leur taille pour qu'elles correspondent aux lèvres de Brad Pitt ? >

< Dans un film, les lèvres de Brad Pitt remplissaient tout l'écran, ricana Marco. En fait, j'ai entendu dire que des gens étaient morts, écrasés sous les lèvres de Brad Pitt ! >

< Mais elles sont factices, insista Jake. Vous savez bien qu'on leur a fait des injections pour leur donner du volume, allons ! >

< C'est triste ce que les gens peuvent être jaloux ! Tu ne trouves pas, Cassie ? >

< C'est triste, Rachel. Affreusement triste. >

< C'est bien la pire mission dans laquelle on s'est jamais lancé, soupira Marco. Écoutez, j'ai déjà été effrayé, horrifié, terrifié. Tout ça, j'y suis habitué. Mais c'est bien la première fois que j'ai franchement envie de vomir. Rachel, je n'aurais jamais cru que tu sois capable d'éprouver un quelconque sentiment humain et de mettre de côté ton armure de guerrière héroïque. >

< Ça, c'est envoyé ! > s'exclama Jake.

Je pensais qu'il plaisantait. Mais je ne pouvais pas en être sûre.

< Et Cassie ! poursuivit Marco. Moi qui croyais que tu ne t'intéressais qu'aux animaux. Les animaux comme les putois, les serpents... et les Jake, Ouarf, Ouarf ! >

< Bon, ça va. Revenons aux choses sérieuses >, intervint brusquement Jake.

Jake est très gêné chaque fois que quelqu'un fait allusion à ses sentiments pour Cassie. Et nous avions presque rejoint le yacht.

< Ax, mon ami, je crois qu'il vaut mieux que tu t'écartes. Change d'animorphe et reste dans les parages couché dans l'eau. >

< Oui, prince Jake. >

< Ne m'appelle pas prince. >

< Oui, prince Jake. >

< Marco et moi, on va descendre ensemble et se poser sur le bateau comme des mouettes ordinaires, histoire de voir ce qu'on pourra entendre, décida Jake. Rachel et Cassie, vous pouvez rester en soutien. Vous… >

< Ah, mais c'est parfait ! grondai-je d'une voix pleine de sarcasme. Toi et Marco, vous y allez. Cassie et moi, on reste en arrière. Ben voyons ! Et vous croyez que ça va se passer comme ça ? Allez, viens Cassie. On y va. >

Je battis des ailes avec fureur pour m'éloigner de Jake et de Marco. Ax fut heureux de pouvoir s'écarter en virant pour se laisser emporter au loin par la brise.

Le yacht était très grand. Je n'aurais pas su évaluer son tonnage exact, mais il était assez gros pour que les quatre personnes qui paressaient sur la plage arrière puissent s’amuser à disputer une partie de volley-ball si ça leur chantait. Bref, ça n’avait rien d’un petit hors-bord.

Cassie et moi, nous sommes approchées du bateau par l’arrière.

Sous nos ailes, les hélices brassaient les eaux turquoises en laissant derrière elles un sillage d’écume blanche. Au-dessus, sur la plage arrière, nous pouvions nettement distinguer les quatre personnes présentes.

L’une d’elle, vêtue d’un short et d’une chemise ouverte, était le producteur de cinéma. Je l’avais déjà vu sur CNN.

Ensuite, il y avait un homme qui nous tournait le dos.

La troisième personne était une femme en bikini. Elle était jeune et jolie.

Quant à la quatrième personne… oui ! Il ne pouvait pas y avoir d’erreur. Ces cheveux. Ce visage. Ces lèvres.

< C’est lui ! > faillit s’étrangler Cassie.

< Oh oui ! > glapis-je mentalement.

Jeremy Jason McCole. La vedette de la Maison

du pouvoir. Du moins, c'était lui la vedette avec le comédien qui jouait le rôle de son père.

Jeremy Jason McCole, qui avait fait la une de tous les magazines publiés au cours des cinq dernières années. Magazines que Cassie ou moi avions pratiquement tous lus.

< Sa couleur préférée est le pourpre, expliqua Cassie. Il est trop cool. Il ne s'est pas contenté de dire « rouge ». Il a dit « pourpre ».>

< Il est né à Altoona, en Pennsylvanie. >

< Il a deux sœurs. Elles s'appellent Jessica et Madison. >

< Jolie torse. >

< Jolies jambes. >

< Approchons-nous >, proposai-je.

En quelques battements d'ailes, nous nous sommes retrouvées dans une poche d'air calme. Le bateau créait son propre vent, qui en quelque sorte nous aspirait… C'était à peine si nous avions besoin d'agiter nos ailes. Il nous suffisait de nous maintenir en planant légèrement au-delà de la poupe du bateau. Nous restions là sans difficulté, jouissant du spectacle à quelque trois mètres au-dessus de

Jeremy Jason McCole. Et nous écoutions la conversation entre l'acteur, le producteur, et les deux autres personnes.

Et c'est alors que tout l'amour que j'éprouvais pour Jeremy Jason McCole fut réduit à néant.

CHAPITRE 15

Le vent emportait une partie de leurs paroles. Le clapotis de l'eau contre la coque et le grondement sourd des gros moteurs en recouvrait une autre. Mais Cassie et moi, nous pouvions néanmoins en entendre bien assez. Bien trop.

– … veux pas être dans le camp des perdants, Jeremy, disait le producteur. Regarde les choses en face, ta carrière de star de télé appartient au passé.

– Elle ne sera pas finie tant que… millions de gamines… folles de moi, argumenta Jeremy.

– Tout ce que je veux te dire, c'est qu'il va se produire de grands changements. De grands changements comme… jamais vus auparavant, tu comprends ? Désormais, ma compagnie fait partie du nouvel ordre. Tu veux faire des affaires… rôles dans les films. Mais des rôles sérieux. Laisse tomber les rôles d'ado et vise plus haut !

Jeremy Jason se mit à ricaner.

– Ça ne serait pas pour me déplaire. Tu peux pas savoir à quel point j'en ai marre de ces débiles de… à m'envoyer des lettres d'amour et à me harceler pour obtenir un autographe. Tu vois, c'est un des aspects du problème que me pose ta proposition. Tu peux compter sur moi si… j'en ai franchement marre… être à chaque fois le gentil garçon de service.

C'est alors que l'autre homme, celui qui nous tournait le dos, s'est approché. Il a à peine remué le petit doigt et le producteur s'est éclipsé. La femme en bikini l'a regardé en plissant des yeux et elle a semblé rétrécir sur son siège.

– Cessons de perdre notre temps, fit-il sèchement. Nous avons parlé de… hier… meilleures choses à faire. Je peux vous donner… que vous voulez. Absolument tout ! Argent… pouvoir. Mais d'abord, vous devez accepter mes… Elles sont… simples. Vous devenez l'un des nôtres. Et ensuite, vous vous chargez… représenter le Partage. En échange, je… absolument tout ce que vous pouvez désirer.

Jeremy Jason resta assis sans dire un mot pendant que l'homme parlait. Ce type l'effrayait. C'était évident. Quand Jeremy Jason osa enfin parler, ce fut d'une voix sourde et tendue.

– Et si je dis non ?

– Tu ne diras pas non, répliqua l'homme.

En même temps, il se retourna, et je pus voir son visage. Je découvris un sourire glacial et des yeux morts, tout aussi glacials.

Je l'avais déjà vu. Brièvement. Mais il avait suffi d'une fois.

< Vysserk Trois ! > grogna Cassie.

Vysserk était dans son animorphe humaine. Mais c'était bien lui. Et le fait de l'avoir vu me faisait le même effet que si le soleil s'était effacé du ciel. Je sentais les ténèbres émaner de son être. Des ténèbres qui m'oppressaient le cœur.

Vysserk Trois, le chef des forces d'invasion yirk sur Terre. Le seul Yirk qui ait jamais réussi à prendre le contrôle d'un corps d'Andalite. Le seul Yirk capable de maîtriser le pouvoir de morphoser des Andalites.

Vysserk Trois, la créature maléfique qui avait assassiné Elfangor, le frère d'Ax, sous nos yeux horrifiés et impuissants.

Et il souriait de son sourire glacé, faussement humain, à Jeremy Jason.

– Vous êtes ambitieux... Vous voulez... bien plus que vous n'obtiendrez jamais sans mon aide.

Tout à coup, Jeremy Jason éclata de rire.

– Je crois que vous lisez dans mes pensées ! s'exclama-t-il en se levant pour faire face à l'homme inquiétant. Écoutez, je vous donne carte blanche... faire de moi une grande star de cinéma. Marché conclu ?

Le sourire glacé réapparut.

– Marché conclu.

< Il ne peut pas comprendre ce que ça signifie ! s'écria Cassie. Ils l'ont piégé ! >

< Ouais. C'est sûr. Mais tu veux que je te dise ? Il ne se serait pas fait avoir s'il n'avait pas été une ordure. >

< Je m'en fiche, s'insurgea Cassie. On ne peut pas les laisser transformer Jeremy Jason en Contrôleur ! >

< Non, on doit essayer de le sauver, approuvai-je. Mais maintenant, je me demande franchement s'il en vaut la peine. >

Je sais que c'est idiot de tomber amoureuse d'un acteur qu'on ne connaît que pour l'avoir vu à la télé. Mais c'est une idiotie banale, gentille. Et il n'y avait plus grand-chose de banal dans mon existence.

< Allons retrouver Jake et Marco, décidai-je. Ceux-là, ils n'ont pas fini de se moquer de nous avec ça. Tu parles ! Jeremy Jason prêt à devenir un Contrôleur volontaire. C'est répugnant. >

Je décollai et virai brusquement, repris le vent de face et réalisai que je perdais de l'altitude. Je descendais même très vite. Je battis des ailes plus fort.

< Rachel ! Qu'est-ce que tu fais ? > cria Cassie.

< J'en sais rien ! J'ai l'impression de ne plus pouvoir voler ! >

< Oh non ! Tu es en train de morphoser, Rachel ! Arrête ! >

Mes ailes brassaient l'air, mais je continuais de tomber. Et puis j'ai vu pourquoi. La cause se trouvait au milieu de ma figure.

Littéralement !

Là où aurait dû se trouver mon petit bec crochu de mouette, poussait une chose longue et grise.

< J'ai une trompe qui pousse ! > hurlai-je.

Depuis leurs positions, à une centaine de mètres derrière le bateau, Marco et Jake assistaient au désastre en cours.

< Rachel ! Qu'est-ce que tu fabriques ? > cria Jake.

< Je ne peux pas m'arrêter ! Je ne peux pas m'arrêter ! Je morphose ! >

La trompe mesurait maintenant une quinzaine de centimètres de long et mes ailes n'avaient plus la force de me soutenir. Je tombai. Je heurtai la surface de l'eau dans une gerbe d'écume.

Mais pas avant d'avoir pu saisir une ultime image de Vysserk Trois. Il se tenait à la poupe du bateau. Et le regard maléfique de ses yeux morts était fixé droit sur moi.

Je heurtai la surface de l'eau et m'enfonçai. Ma morphose en éléphant semblait s'accélérer. Je morphosais à une vitesse que je n'avais jamais connue.

Et je coulais. Je m'enfonçais de plus en plus en laissant échapper des millions de bulles qui remontaient en spirale vers la surface. Mes grandes oreilles tannées comme du cuir poussaient de chaque côté de ma tête. Je sentais les os de mon squelette grincer à mesure qu'ils devenaient massifs, épais et longs.

J'essayai de battre l'eau, mais j'avais des pattes comme des troncs d'arbres !

Au-dessus de moi, la surface miroitante de l'eau paraissait déjà aussi lointaine que le sol de la lune. J'étais en train de me noyer.

< Rachel ! Démorphose ! > hurla Cassie.

< Ax ! s'écria Jake. Si tu m'entends, trouve Rachel, reste avec elle ! >

Mais je savais que les autres ne pourraient pas me rejoindre à temps. Je tombais, encore et encore, toujours plus bas, au fond de l'eau. J'avais beau la lancer loin au-dessus de ma tête, ma trompe ne pouvait pas atteindre l'air.

Je me noyais dans un corps d'éléphant. Et je ne pouvais rien faire de plus que de me demander pourquoi.

CHAPITRE 16

Je coulais dans l'océan, descendant vers le sol invisible des grands fonds marins, à près de deux mille mètres de la surface.

J'essayais de me concentrer. De trouver un moyen de démorphoser. Mais je n'y arrivais pas. Mon cerveau s'engourdissait.

J'étais à environ quinze mètres de profondeur quand il m'est venu à l'esprit d'essayer de voir si un éléphant savait nager. Je sais, ça parait stupide. Bien sûr, les éléphants ne savent pas nager. Mais qu'est-ce que j'avais à perdre ?

Je me mis à courir dans l'eau avec mes pattes grosses comme des poteaux téléphoniques et, à ma totale stupéfaction, il s'avéra que l'éléphant savait nager ! Mais cette bouleversante révélation arrivait trop tard pour m'être d'une quelconque utilité. J'étais beaucoup trop profond. Jamais je n'atteindrais la surface à temps.

J'aperçus un éclair gris, une silhouette mortelle qui évoluait près de moi. J'entendis, comme si elle venait de très loin, une voix qui disait en paroles mentales :

< Je la vois, prince Jake ! >

Je ne sais pas pourquoi, ça me fit presque rire. C'était un requin parlant. Pourquoi un requin parlait-il ?

Et soudain… la panique !

Je me mis à remuer furieusement. Je battais l'eau de mes énormes pattes, essayant vainement de remonter plus vite. Je balançai ma trompe d'un côté à l'autre. Mais la panique ne valait pas mieux que le renoncement passif. Je remontais, bien sûr, mais pas assez vite, trop tard.

Et pourtant…

< Elle démorphose ! s'exclamait le requin parlant. Non… attendez. Prince Jake, elle ne démorphose pas. Je veux dire, elle ne revient pas à l'état humain. Elle est en train de prendre directement une autre animorphe ! >

< C'est impossible ! >

< Je sais. Mais c'est pourtant bien ce qui se passe ! >

< Je vais la rejoindre, cria Cassie. Je vais plonger sous l'eau, hors de vue, et je vais démorphoser en humain. Puis j'essaierai de morphoser en dauphin avant d'être en manque d'air. Je pourrai peut-être l'aider. >

< D'accord, vas-y, accepta Jake. Marco, tu restes en l'air. Je plonge avec Cassie. >

< Sa taille diminue à une vitesse impressionnante >, observa Ax, le requin parlant.

Et le requin parlant avait raison. Je rétrécissais. Je rétrécissais à une vitesse stupéfiante. Je rétrécissais si vite que je créai un petit tourbillon où disparaissait la masse de mon corps d'éléphant.

< Jake ! Regarde ! hurla Marco. Ce type, sur le pont ! Il est en train de morphoser. Je te jure, il se transforme en Andalite ! Oh, non ! C'est lui ! >

< Oui, c'est Vysserk Trois, expliqua Cassie. Mais oubliez-le pour l'instant. Il faut qu'on sauve Rachel ! >

« Morphoser, morphoser, morphoser. Tout le monde est en train de morphoser », bégayai-je dans mon esprit ivre de vertige, à la limite de l'inconscience.

Je me dis que ça pourrait faire une très belle chanson.

< Oh, c'est si bon, D'morphoser en poisson, Chabada, Chabada, Mais oui, quel pied, Doubidou, Doubidou, c'est d'oser morphoser, Oh yeah ! >

< Elle chante quoi, là ? s'étonna Marco. Petit Papa Noël ou La Marseillaise ? >

< Ax, je suis en animorphe de dauphin, maintenant, mais je n'arrive pas à voir Rachel. Où êtes-vous, tous les deux ? cria Cassie. Je devrais quand même être capable d'apercevoir un éléphant et un requin ! >

< Rachel n'est plus un éléphant. En fait, moi non plus, je ne la vois plus du tout. Elle est trop petite. >

< Quoi ? > s'étrangla Jake.

< Nous arrivons ! Ax, il faut que tu la retrouves ! >

J'émergeai lentement du seuil de l'inconscience. Les rouages de mon cerveau se remettaient tout doucement en marche. J'étais sous l'eau. Ça, j'en étais sûre. Mais je n'étais plus un éléphant.

Je pouvais respirer ! Et je ne coulais plus. Du moins, je n'avais pas la sensation de couler. Mais je ne pouvais le voir de mes yeux. J'étais aveugle.

« Pas de panique, Rachel », m'ordonnai-je. Mais ça, c'était plus facile à dire qu'à faire. J'étais aveugle !

< Je n'arrive pas à la retrouver ! s'écria Ax, furieux de son impuissance. Ces yeux de requin sont trop faibles. Elle était trop petite. Je crois qu'elle était en train de morphoser en insecte. >

« En insecte ? » Lentement, à contrecœur, j'entrepris de m'auto-inspecter. Bon, j'avais des pattes. Je pouvais les bouger, les sentir. Quatre pattes. Non, six ! Oui, j'étais devenue un insecte. J'avais des antennes. Je leur fis balayer l'espace qui m'entourait et goûter l'eau. Rien. Juste ma propre odeur. Et quel genre de cerveau cohabitait-il avec le mien ? Aucun. Pas de conscience. Pas de pensée. J'étais dans le corps d'une machine dépourvue d'esprit. Il y avait deux possibilités : termite… ou fourmi !

< Ax ? Cassie ? Je crois que je suis dans une animorphe de fourmi ! hurlai-je. Que personne n'avale quoi que ce soit ! Ça risquerait d'être moi ! >

< Est-ce que ça va ? > me demanda Cassie.

< Tu veux dire, si on néglige le fait que je suis dans une animorphe de fourmi prisonnière d'une bulle d'air au milieu de l'océan ? répliquai-je d'une façon plus sarcastique que je ne l'aurais dû. Ouais, mis à part tout ça, je suis en pleine forme. >

< Oh, oh… >, fit Marco.

< Quoi, Oh, oh ? > fit sèchement Jake.

< Oh, oh, Vysserk Trois est en train de passer de sa forme d'Andalite à quelque chose d'autre. >

< Qu'est-ce que c'est ? Il est en train de morphoser en quoi ? >

< Je ne sais pas ce que c'est. Mais c'est gros et ça a l'air de savoir nager. >

< Oh, c'est pas vrai ! Tant qu'on y est, personne n'a une autre catastrophe à annoncer, à tout hasard ? s'énerva Jake. Rachel ? Est-ce que tu peux démorphoser ? Redevenir humaine ? Ou te changer en dauphin ? Ou en n'importe quoi d'utile ? >

< Je ne sais pas. >

Je m'efforçai de calmer, de remettre en ordre mon esprit paniqué et embrouillé. Je tentai de me concentrer sur l'acte de morphoser. De reprendre ma forme humaine.

Je me disais : « Allons Rachel, tu peux y arriver. » Mais j'avais l'impression que je mentais.

Et une fois de plus, je sentis que je recommençais à grandir. Je sentais mon corps buter contre les parois élastiques de la bulle d'air.

< Je crois que je la vois ! s'exclama Cassie. Non, attendez. C'est juste des algues. Non, attendez encore... Cette fois, je la vois ! Elle est verte, elle doit mesurer un peu moins de trois centimètres de long, mais elle grandit à toute vitesse. >

< Rachel, en quoi est-ce que tu morphoses ? > me demanda Jake.

< Eh bien vas-y, dis-le moi ! Parce que, tu sais quoi ? J'en sais rien ! >

< Garde ton calme, Rachel >, me conseilla Jake.

< Calme ? Calme ? Ouais, ben je suis désolée si j'ai l'air d'être énervée, mais j'arrête pas de me transformer dans des tas de trucs sans le vouloir ! >

< C'est le crocodile ! s'écria Cassie. Jake, viens voir. Par ici. >

Tout à coup, je fus à nouveau capable de voir.

Mes yeux surgirent juste à temps pour me permettre de voir mes minuscules pattes de fourmi, épaisses comme des brindilles, se changer en membres trapus et couverts d'écailles de grand reptile.

Je grandissais à une vitesse invraisemblable. Je sentais l'eau glisser tout le long de mon corps à mesure qu'il occupait de plus en plus d'espace. Mais au moins, je pouvais voir à nouveau. Et je ne me noyais pas. Le crocodile est capable de retenir son souffle pendant un très long moment.

Au-dessus de moi, je pouvais distinguer le rideau étincelant qui marquait la séparation entre l'eau et l'air. Et dans l'eau, deux grands dauphins gris tournaient autour de moi, avec leur éternel sourire de dauphin. Cassie et Jake.

A moins de trente mètres derrière eux, un inquiétant requin tigre glissait comme une torpille. Ax. Enfin, je l'espérais.

Je me tournai vers Jake. Ou peut-être s'agissait-il de Cassie.

< Heu, j'imagine que j'aurais peut-être dû vous prévenir que j'avais ces petits problèmes d'animorphe, non ? >

< Mais non, Rachel. C'est bien plus amusant de nous faire la surprise comme ça... histoire qu'on puisse tous se faire tuer >, remarqua Jake d'une voix ironique.

Pourtant, ça ne ressemble pas à Jake de se montrer sarcastique.

< Ouah, les mecs ! intervint soudain Marco qui était toujours dans son animorphe de mouette. Je ne peux pas vous dire ce qu'est Vysserk Trois maintenant, mais je peux vous dire qu'il est prêt à se jeter à l'eau. Et je vous assure que vous n'aurez pas envie d'être dans le coin quand il va plonger ! >

< Partons d'ici tant que c'est possible, décida Jake. Rachel, si jamais tu sens que tu vas morphoser à nouveau, préviens-nous. D'accord ? Si ça ne t'ennuie pas. >

< Tu veux bien attendre un peu pour m'engueuler, s'il te plaît ? Éloignons-nous un peu. >

Je fis pivoter sans effort mon long corps de reptile et commençai à nager avec vigueur en faisant onduler ma puissante queue de crocodile.

Cassie, Jake et Ax me suivirent et il ne leur fallut pas plus de dix secondes pour me laisser loin derrière eux. Je vis Jake s'arrêter et regarder en arrière.

< Les alligators ne sont pas des nageurs monstrueusement rapides, non ? >

< Les crocodiles ! le corrigeai-je. Ben, non. C'est vrai. Je ne crois pas. >

A ce moment, on a entendu...

PSHHH-WOOOSHHH

C'était un son qui ressemblait à celui d'une grenade sous-marine. Comme quelque chose de très grand qu'on aurait projeté dans l'eau.

< Il arrive, nous annonça Marco d'une voix sinistre. Faites gaffe aux dards. Ils ont l'air redoutable. >

< Les quoi ? demandai-je. Les dards ? Mais quels dards ? >

< Ceux de la chose dans laquelle Vysserk Trois a morphosé. J'en suis pas sûr, mais je crois qu'il crache des espèces de dards de sa bouche. >

< Ah ! s'écria Ax tout à coup. Je parie que c'est un poisson-javelot de Lebtin ! J'ai toujours rêvé d'en voir un ! Heu... enfin... je veux dire, dans un zoo, ou dans un endroit comme ça, quoi... >

< Ouais, mais on n'arrivera jamais à le semer avec Rachel en animorphe d'alligator >, constata Jake.

< De crocodile, précisa Cassie. Pas d'alligator. >

< Bon, les amis, si vous partiez d'ici. Et je m'occuperai de Vysserk Trois, décrétai-je d'une voix emplie de beaucoup plus de courage que je n'imaginais en posséder. C'est de ma faute si nous en sommes là ! >

< Ouais, c'est juste, Rachel >, dit Jake.

Puis, il se mit à lancer des ordres brefs.

< Ne restez pas groupés. Gardez au moins neuf mètres entre les uns et les autres. Bougez tout le temps pour ne pas offrir des cibles trop faciles. Marco ? On va peut-être avoir besoin d'un coup de main, là-dessous. Et pour le reste, j'en ai rien à faire que ce soit un crocodile ou un alligator, du moment qu'il peut se battre. >

CHAPITRE 17

Je remontai à la surface, ne laissant que mes yeux et mes narines émerger au-dessus de l'eau. Je respirai un bon coup et emplis mes poumons d'air frais.

Les dauphins firent de même, soufflant par l'orifice placé au sommet de leur tête avant d'aspirer l'air frais.

Durant les quelques secondes que je passai à la surface avant de plonger à nouveau, j'aperçus Jeremy Jason à la poupe du bateau. Il souriait de toutes ses dents, l'air excité. Il pointait le doigt vers nous et riait comme l'aurait fait un dingue de boxe en assistant à un match.

Il cria quelque chose que la brise porta jusqu'à moi.

– Whaaouh ! Il est vraiment formidable, hein ?

Il faisait allusion à Vysserk Trois. Il venait de le voir quitter son animorphe humaine pour réintégrer le corps d'Andalite qu'il avait volé, puis morphoser dans une abominable bête issue d'une lointaine planète. Et tout ce que l'adorable Jeremy Jason paraissait capable d'éprouver à la vue de tout ça, c'était une intense admiration…

Je sentis une colère froide m'envahir. Quel genre d'être humain pouvait-il être pour désirer vendre sa propre espèce ?

« Apprécie le spectacle tant que tu le peux, ricanai-je en silence. Il ne va peut-être pas se terminer comme tu le crois. »

Je disparus sous les vagues, plongeant de plus en plus bas. Et c'est alors que je l'ai vu. Lui. Vysserk Trois.

Il avait adopté une animorphe bizarre. Elle ne ressemblait à rien de ce qui existait sur Terre, ça c'était sûr. Ça avait l'air d'une espèce d'immense raie jaune vif. Ou une sorte de gigantesque crêpe vivante, aplatie et oblongue. Plutôt que nager, la chose semblait voler entre deux eaux en faisant onduler lentement les parties latérales de son corps. Elle avait deux yeux montés sur tentacules sur sa face supérieure, et deux longues antennes qui traînaient au-dessous.

Tout le long de son dos, il y avait des sortes de dards en forme de javelots. Ils étaient alignés à plat, côte à côte. Vous voyez comment sont disposés les missiles sous les ailes d'un avion de combat ? Eh bien c'est comme ça qu'étaient disposés les dards de cette bestiole, sauf qu'ils étaient sur le dessus de ses « ailes » et non au-dessous. Mais ils étaient aussi bien alignés, et pointés droit devant.

Ces espèces de javelots – il devait y en avoir une vingtaine, environ – étaient tous aussi longs qu'un manche à balai et environ de la même épaisseur. Ils étaient bariolés de bandes irrégulières, jaunes et vertes, avec des taches bleues. C'était sans doute un camouflage des plus efficaces sur la planète originelle du poisson-javelot de Lebtin. Mais ici, dans les océans terriens, on pouvait difficilement trouver plus voyant !

En attendant, la bête volait littéralement sous l'eau. Beaucoup plus vite que mon crocodile n'aurait jamais pu nager. Et même plus vite que les dauphins ou le requin.

< Il est rapide >, constata Jake.

< Un peu ! > acquiesçai-je

< Ouais, mais il n'est peut-être pas si agile que ça >, suggéra-t-il.

< Non. Si on pouvait l'obliger à virer, ça devrait le ralentir. >

< J'ai changé d'avis, annonça Ax. Je crois que je n'ai plus vraiment envie de voir un poisson-javelot de Lebtin. >

Je jetai un coup d'œil sur ma gauche. C'est là qu'Ax avait pris position. Derrière lui, il y avait Jake. Cassie se trouvait sur ma droite. Le poisson-javelot n'était maintenant plus qu'à trente mètres derrière nous. Tout ce que je pouvais faire, c'était prier pour ne pas commencer à morphoser une fois de plus sans prévenir !

Et puis...

Le poisson-javelot – Vysserk Trois – se mit à enfler. On aurait dit qu'il gonflait comme un ballon. Il ralentit... ralentit...

SHHHOOUUFFF !

Un dard avait jailli de sa gueule ! Filant comme un missile, il fusa à travers l'eau. Je n'eus même pas le temps de penser à l'esquiver.

< Ahhhhhhhhh ! >

Le javelot avait transpercé ma queue, tout près du bas de mon dos. Une douleur atroce envahit ma colonne vertébrale. Tout autour de moi, l'eau se teinta de sang. De mon sang…

Je tournai la tête. Le dard était toujours là, planté dans mes écailles. Je ne pouvais que le regarder bêtement. C'était ridicule. Il me traversait de part en part comme pour faire une brochette !

< Rachel ! >

< Eh ! Eh ! Eh ! se réjouit Vysserk Trois. Ça marche ! Je viens tout juste d'acquérir cette animorphe, et voyez comme elle est efficace ! >

Je me retournai vers Vysserk Trois. Un des javelots rangés sur son dos se mit à rouler pour aller se glisser juste dans une sorte d'orifice. Puis il se mit à gonfler à nouveau pour se préparer à lancer un autre projectile.

< Attention ! Ne restez pas en place ! Bougez ! Virez ! > hurla Jake dans nos têtes.

Mais je ne pouvais pas me déplacer. Ma queue était paralysée. J'aurais voulu charger la créature extraterrestre, mais c'était à peine si je pouvais remuer.

SHHHOOUUFFF !

Le deuxième dard était parti droit sur Cassie, mais son dauphin était trop rapide. Elle donna un fulgurant coup de queue et le javelot la manqua de quelques millimètres. Non ! Elle avait été touchée. Je pouvais voir l'entaille que le projectile avait fait dans la chair de son dos.

< Je vais bien ! Je vais bien ! > cria-t-elle.

Elle avait eu de la chance. A une fraction de seconde près, elle aurait été embrochée.

Le poisson-javelot continuait de nous pourchasser. Je roulai sur le dos, exposant mon ventre pâle à la surface de l'eau.

< Jake ! Décampe ! Ne reste pas là ! Il est trop rapide. Vous devez vous séparer pour essayer de le semer ! >

< Je ne vais pas te laisser pas tomber ! >

< Ah si, tu dois t'en aller ! Je vais faire le mort. Et s'il vient assez près… >

Il hésita, mais guère plus d'une seconde.

< Séparez-vous ! Sauve qui peut ! >

< Je n'abandonne pas Rachel ! > cria Cassie.

< Cassie, il le faut ! l'implorai-je. Vas-y ! Pars tout de suite ou nous allons tous nous faire tuer ! >

Vysserk Trois volait vers nous, glissant sans effort dans l'océan. Je vis un nouveau dard rouler dans son orifice. Il recommença à gonfler, aspirant l'eau qui lui servait à projeter le javelot.

< Il se prépare à tirer à nouveau. Alors, partez d'ici. Et vite ! >

Cassie, Jake et Ax virèrent tous pratiquement sur place avant de filer chacun dans une direction différente.

SHHHOOUUFFF !

Le dard fusa droit vers Ax ! Il avait une bonne trentaine de mètres d'avance et fonçait aussi vite qu'un requin en est capable. Mais le dard était bien plus rapide.

< Vas-y, Ax ! Maintenant ! > hurlai-je.

Il fit un écart sur la droite et le javelot le frôla sans l'atteindre.

< Merci, Rachel >, me lança Ax.

Vysserk eut un moment d'hésitation.

< Ah, ah, alors comme ça, on se sépare ? Bah, ça ne pourra jamais affecter que l'ordre dans lequel je vais vous tuer. Comment disent les enfants humains, déjà ? Ah oui : « Une poule sur un mur, qui picore du grain dur… » >

Je faillis bien m'écrier : « Du pain, gros nul ! Du pain dur, pas du grain dur ».

Mais je n'étais pas tout à fait assez idiote pour ça. Je me contentai de rester où j'étais, flottant le ventre en l'air, faisant le mort et essayant d'oublier la douleur horrible du javelot qui me transperçait la queue.

« Poursuis Cassie, suppliai-je silencieusement. Poursuis Cassie, espèce d'immonde créature. »

Si Vysserk fonçait derrière Ax, il passerait trop loin pour que je puisse l'atteindre. Pareil s'il prenait Jake en chasse. Il n'y avait que Cassie qui pourrait l'amener assez près de moi.

Vysserk Trois fit onduler ses vastes ailes sous-marines.

Un large sourire de crocodile découvrit mes longues rangées de dents.

Il se rapprocha, se rapprocha, puis il ralentit et commença à gonfler. Il devint de plus en plus gros, comme un ballon trop rempli. Et il vint de plus en plus près.

Un mètre… cinquante centimètres… quarante… trente…

Il était à portée.

Je bandai tous les muscles de mon puissant corps de reptile. Ma tête jaillit en avant. Mes mâchoires s'ouvrirent toutes grandes.

Et je mordis.

Je mordis férocement.

Savez-vous que le crocodile dispose des mâchoires les plus puissantes de tout le règne animal ? Savez-vous qu'il peut pratiquement broyer des rochers entre ses fameuses mâchoires ?

Je refermai donc ma gueule de crocodile toutes hérissées de crocs sur l'aile gauche du poisson-javelot.

Et alors, ça fit…

PSHOUUUMFFF !

PSHIIIOUUUSHHH !

J'eus l'impression de mordre dans un ballon

rempli d'eau. Le poisson-javelot gonflé à bloc explosa. Tout le liquide qu'il avait aspiré pour lancer le dard s'échappa par le trou que j'avais percé.

Et ledit poisson-javelot apprit ainsi une façon inédite de voler. Il commença par tournoyer follement dans l'eau, puis traversa la surface et jaillit dans les airs comme un dauphin saisi de démence, avant de retomber au loin dans un plouf retentissant, telle une gigantesque crêpe qui aurait manqué sa poêle.

Et pendant ce temps, nous eûmes la profonde satisfaction d'entendre ce cher Vysserk Trois hurler en langage mental :

< Ahhhhhhhhhhhhhh ! >

Je me détendis un peu, pour découvrir que le fait de me détendre me faisait ressentir plus que jamais la douleur de ma blessure. C'est alors qu'un dauphin pointa son nez.

< Eh ! C'est moi, Marco ! J'arrive à la rescousse ! >

Là, je n'ai vraiment pas pu m'empêcher d'éclater de rire.

< Juste à temps, Marco ! Juste à temps. >

CHAPITRE 18

< **C**'est une allergie, diagnostiqua Ax. Tu dois être allergique à un animal que tu as acquis. Ça arrive quelquefois. >

– Ces animorphes incontrôlables viennent d'une allergie ? Je suis allergique ? Mais à quoi ?

– Quel est le dernier animal que tu as acquis ? me demanda Cassie, avant de répondre elle-même à sa question. Le crocodile ! Tu dois être allergique aux crocodiles.

Nous étions à l'abri dans les bois qui s'étendent au-delà de la ferme de Cassie. C'était un petit coin où nous allions souvent nous réfugier pour avoir un peu de tranquillité. Ax en avait besoin pour remorphoser dans son propre corps. Et Tobias… eh bien, Tobias devait chasser avant qu'il fasse nuit pour pouvoir dîner.

Pendant que nous parlions, il attendait, perché sur une branche au-dessus de nous. Nous nous trouvions à la lisière d'une petite prairie herbeuse. Une prairie riche en souris.

Tobias concentrait ses yeux de rapace perçants comme des lasers sur les hautes herbes de la prairie.

Tous les autres me fusillaient du regard. A l'exception de Cassie, bien sûr, qui se contentait de secouer la tête. Elle sentait qu'elle avait fait une erreur en me laissant garder mon secret.

– Alors tu dis que j'ai perdu le contrôle de mes pouvoirs d'animorphe parce que j'ai acquis ce crocodile ?

< Pas la totalité du contrôle. Juste une partie. C'est… c'est comme lorsque vous autres, humains, vous soufflez violemment par vos narines et criez, « Atchoum ! » >

– On dit éternuer. Tu veux dire que j'ai eu des éternuements ?

< Ah ! > s'exclama Tobias.

Il ouvrit ses ailes et traversa la prairie en vol plané, au ras des hautes herbes. Soudain, il arrondit sa trajectoire et plongea vers le sol en projetant ses serres en avant. Pendant quelques secondes, il disparut de notre vue.

– Et une autre souris s'en est allée, commenta gravement Marco.

< Oui, Rachel, poursuivit Ax. Tu as développé une réaction allergique à l'ADN du crocodile. >

– Alors, qu'est-ce que je peux faire ? Il n'y a pas un remède, ou je ne sais quoi, pour ça ?

< Aucun remède. Du moins aucun remède que les humains soient capables de fabriquer. Mais il y a un processus. Quelque chose qui survient naturellement dans de tels cas. Enfin, c'est ce qui arrive chez les Andalites. On appelle cela hereth illint. >

– Ça paraît poétique, remarqua Cassie.

< Une traduction littérale donnerait quelque chose comme « faire son rot d'ADN ». >

– Là, c'est vraiment poétique ! fit Marco en éclatant de rire.

< Comme nous n'avons pas de bouche, nous n'avons pas de mots signifiant « recracher » ou « vomir ». A la place, nous disons hereth. >

Même Jake ne put réprimer un sourire.

– Comment ça doit se passer pour Rachel ? Ce processus, demanda-t-il à Ax.

< L'ADN indésirable devrait finir par être expulsé de ton organisme. Mais tu ne peux pas déterminer, ni contrôler le moment où cela se produira. Tu vas juste devoir être prudente, d'autant plus que ce crocodile est une créature dangereuse. >

– Ça ne me semble pas trop difficile, estimai-je. Je suis toujours prudente.

< Ce n'est pas du tout facile. Vois-tu, tu vas devoir en fait morphoser l'animal tout en conservant ton propre corps. Tu vas devoir créer entièrement un animal vivant à partir de l'excès de matière qui flotte dans l'Espace-Zéro. >

Je contemplai Ax avec des yeux ronds.

– Je te demande pardon ?

< Jusqu'à ce que le hereth illint commence, tu peux réussir à contrôler la situation en restant très calme, sans émotion. L'animorphe incontrôlable dont tu as été victime dans la mer s'est produite alors que tu étais bouleversée ou soumise à une grande émotion. >

Je haussai les épaules.

– J'étais folle de rage parce que cette larve de Jeremy Jason McLeTraître trompait la confiance de ses fans. Sans parler du reste de l'espèce humaine, non mais sans blague !

< Et tu as dit qu'il t'était arrivé le même genre de chose dans le bureau de Chapman alors que tu avais peur ? >

– Ouais, ouais, admis-je en hochant la tête. Mais je veux dire, j'avais pas vraiment peur, peur. C'était seulement une sorte de frayeur nerveuse, quoi.

< Et la première fois ? Quand tu as morphosé dans ta maison ? Quelle émotion ressentais-tu, alors ? >

– Aucune, répondis-je en gardant un visage impassible.

– Qu'est-ce que tu faisais quand ça a commencé ? me demanda Jake.

– Je ne me souviens pas, mentis-je.

Cassie me lança un regard en soulevant un sourcil.

– Rachel, tu étais en train de regarder des images de Jeremy Jason sur Internet.

– Et alors ? rétorquai-je. Pourquoi ça aurait dû m'émouvoir ?

– Mais c'est l'a-m-û-û-û-r, chantonna Marco avec sa délicatesse coutumière. La dangereuse, la mortelle émotion du premier amûûûr. Rachel a été vaincue par la séduction ! L'intensité du désir ! La passion incontrôlable ! Et cela…

Je l'interrompis brusquement en me jetant sur lui pour tenter de l'étrangler, mais il esquiva mon assaut et parvint à se réfugier lâchement derrière Ax.

– … et voyez : cela l'a changée en bête sauvage ! ajouta cet ignoble individu. Que dis-je ? En une collection de bêtes sauvages ! Elle est devenue l'alligator de l'a-m-û-û-û-r !

– Le crocodile ! corrigea Jake, en souriant d'un petit air narquois qui ne lui ressemblait pourtant pas.

Et soudain, juste à cet instant, je réalisai qu'un motif de plumage commençait à apparaître sur ma peau. Un plumage d'aigle à tête blanche. Je gémis.

< Tu vois ? fit Ax en remarquant le début de mon animorphe. Les passions et les émotions déclenchent la réaction allergique. Tu dois t'efforcer de vaincre tes émotions. >

– Et si je me contentais de vaincre Marco ? grondai-je.

– Ouah, c'est génial ! s'exclama Marco. L'invincible Xena a une faiblesse : l'émotion humaine ! C'est une victime de l'a-m-û-û-û-r...

Jake empoigna le bras de son ami et le tordit sans la moindre douceur.

– Marco, si tu la mets en colère, elle va morphoser. Et si elle commence à morphoser, elle va peut-être se transformer en grizzly. Est-ce que tu as vraiment envie de te retrouver en face d'une Rachel en animorphe de grizzly et en colère après toi ?

Là, Marco hésita. Il me jeta un coup d'œil, puis se mordit les lèvres.

– Je vois ce que tu veux dire, Jake. En fait, je crois que je vais aller regarder Tobias déguster sa souris.

Mon plumage était presque entièrement formé lorsque je fus enfin capable d'inverser le phénomène pour démorphoser. Il me fallut tout ce temps pour retrouver mon calme.

– Ax, reprit Jake, explique à Rachel tout ce que tu peux au sujet de cette histoire d'hereth. Qu'elle soit aussi prête que possible. Quant à toi, Rachel, jusqu'à ce que tu ailles mieux, reste un peu à l'écart. Tant que possible. Ne vas pas au collège. Et oublie cette émission de télé que tu devais faire avec Jeremy Jason. Vysserk Trois a dû en faire un Contrôleur à l'heure qu'il est. Le petit acteur en a trop vu.

– En attendant, on doit empêcher ça ! On peut pas le laisser jouer les porte-parole pour le Partage ! On a qu'à l'attraper et l'enfermer quelque part pendant trois jours, jusqu'à ce que le Yirk qui est dans sa tête finisse par crever.

– Je sais qu'on doit l'arrêter, et on va le faire. Il faut simplement qu'on trouve un autre moyen de l'atteindre.

– Il va sans doute commencer à faire de la pub pour le Partage dans le Barry and Cindy Sue Show. Et ensuite, il va quitter la ville, insistai-je. C'est notre dernière chance. Désormais, ils vont être sur leurs gardes. Ils vont s'attendre à ce qu'on revienne à l'attaque. Nous ne pourrons plus jamais nous approcher de ce yacht. Cette émission sera peut-être notre dernière occasion de l'approcher !

Jake hocha la tête.

– C'est bien possible. C'est possible aussi qu'on ne réussisse pas ce coup-là. C'est possible qu'on soit obligé de laisser tomber.

Son sourire amusé s'effaça. Il me lança un regard glacial avant d'ajouter :

– Tu aurais peut-être dû penser à tout ça avant, Rachel. C'est toi qui a tout fait échouer, aujourd'hui. C'est grâce à toi si Vysserk Trois a pu apprendre qu'on s'intéressait à Jeremy Jason. La prochaine fois, tu daigneras peut-être nous prévenir quand tu ne seras pas en état d'assurer une mission.

Je me serais défendue... si je l'avais pu. Mais tout ce qu'il avait dit était vrai.

Je jetai un œil vers Cassie. Elle fixait le sol, l'air embarrassé. Ax s'efforçait de fixer ses quatre yeux dans une autre direction que la mienne, comme s'il regardait quelque chose de tout à fait fascinant quelque part dans le lointain.

Je ne voyais pas Tobias. Il était toujours dans les hautes herbes. Mais il avait dû nous entendre, parce qu'il me chuchota :

< Allez, va, ne t'en fais pas, Rachel. Ça va, c'est fini maintenant. >

– Non. Oh non, murmurai-je.

CHAPITRE
19

Bon, d'accord, j'avais tout fait louper. Mais j'étais bien décidée à réparer les dégâts.

Je choisis donc de mentir. Complètement.

Le lendemain, j'annonçai à Jake et Cassie que c'était arrivé. Le hereth illint. Je leur expliquai comment ça s'était passé avec beaucoup de détails. J'insistai longuement sur l'extrême étrangeté du phénomène. Je fus très convaincante. Et ils tombèrent dans le panneau.

Bien entendu, si j'avais essayé de tromper Ax, ça n'aurait jamais marché. Parce qu'évidemment, je ne savais pas trop ce qui allait se passer au cours de ce « rot d'ADN ». Aucun d'entre nous n'avait réellement bien compris les explications d'Ax. Dès qu'il avait commencé à parler d'Espace-Zéro, nous nous étions tous retrouvés en plein flou artistique.

Mais si j'avais vraiment essayé de tromper Ax, il m'aurait coincée avec la seule question que ni Jake ni Cassie n'avait eu l'idée de me poser : « Qu'as-tu fait du crocodile qui est sorti de toi ? »

Quoi qu'il en soit, lorsque je vis Jake le lendemain au collège et que je lui racontai que tout était fini, il me crut. Même Cassie me crut, parce que je le lui dis dans un bref murmure entre deux cours, pendant qu'on changeait de salle. Je crois que si j'avais dû la regarder en face, elle aurait su que je mentais.

Je n'avais pas le choix. Il fallait que j'aille au Barry & Cindy Sue Show. D'une façon ou d'une autre, quoi qu'il en coûte, nous devions empêcher Jeremy Jason de faire la promotion du Partage pendant cette émission.

Vous comprenez, je savais que j'étais en état de le faire. Je devais simplement contrôler mes émotions. Juste rester impassible, et je n'aurais aucun problème d'animorphe incontrôlée. Et mes émotions, je sais très bien les dominer.

Sauf la colère, peut-être. J'ai un petit problème avec la colère.

Mais qui donc allait de me mettre en colère dans

une stupide émission de télé ? Tout allait bien se passer. Très bien.

Si, si.

Après les cours, je pris un taxi pour rejoindre l'hôtel de mon père. Je demandai au chauffeur de nous faire passer devant ma maison. Des ouvriers y travaillaient déjà, achevant de casser et déblayant les restes fracassés de notre cuisine et de ma chambre. Ils avaient un de ces énormes camions bennes garé devant la maison, rempli de placoplâtres et de briques.

– Vous savez ce qui s'est passé ici ? me demanda le chauffeur de taxi. La maison s'est carrément écroulée ! Ah, mais j'vous dis, ils construisent les choses n'importe comment, d'nos jours !

A ma grande surprise, mon père était à l'hôtel et il m'attendait.

– Ce n'est pas trop tôt ! s'écria-t-il d'une voix légèrement excitée à peine eus-je mis le pied dans la pièce. L'émission commence en direct à cinq heures pile ! Il est presque trois heures ! D'où est-ce que tu sors ?

– Du collège.

– Ah, oui. Le collège. Bon allez, viens, viens. Heureusement, on peut aller au studio à pied et éviter les embouteillages. C'est juste au bout de la rue. A cinq minutes.

Il ne me fallut pas longtemps pour choisir une tenue. Il ne me restait guère que deux ou trois choses rescapées de l'effondrement de ma chambre. J'appelai Cassie en vitesse pour lui dire de se dépêcher, elle aussi. Elle devait me retrouver au studio.

Elle n'était pas chez elle, ce qui signifiait sans doute qu'elle m'attendait déjà là-bas. C'était notre plan. Cassie serait avec moi. Les autres essaieraient de s'introduire dans le studio dans des animorphes d'apparence anodine. Mais nous nous doutions bien que les Yirks surveilleraient les lieux. Il y aurait probablement des gens à eux dans le public. Et, pourquoi pas, Barry ou Cindy Sue pouvaient très bien être eux-mêmes des Contrôleurs.

– Tu te sens nerveuse ? me demanda mon père alors que nous descendions la rue d'un pas pressé.

– Pas vraiment, répondis-je.

– Alors que tu vas passer en direct à la télé ? Sur

une chaîne qui couvre tout le pays ? D'un océan à l'autre ? Devant des millions de téléspectateurs ? Et ça ne te rend pas nerveuse ?

– Maintenant, je le suis, grommelai-je.

Je maîtrisai ma nervosité. Je ne pouvais pas me permettre de ressentir quoi que ce soit. Je devais vivre tout ce qui allait venir sans éprouver d'émotion extrême. J'en étais capable.

Nous sommes passés en coup de vent devant la réceptionniste du studio, mon père en tête, l'air de quelqu'un d'important que rien ne saurait arrêter, et moi galopant derrière pour suivre sa foulée. Cassie attendait dans le hall et nous emboîta le pas.

– Comment tu vas ? me demanda-t-elle.

– Très bien, fis-je en haussant les épaules.

– Vraiment ?

– Ben ouais.

– Nerveuse ?

– Non.

– Excitée ?

– Non.

– Effrayée ?

– Absolument pas.

Elle se pencha tout contre moi pour me chuchoter :

– Est-ce qu'on a un plan ? Je veux dire, qu'est-ce qu'on va faire, exactement, pour Jeremy Jason ?

Je haussai les épaules.

– On va l'arrêter.

– Comment ?

Je souris.

– On va improviser.

– Ah, d'accord.

Tout à coup, un lama nous dépassa à toute vitesse. Ses sabots délicats glissaient sur le sol ciré. Il tourna dans un couloir et disparut.

– Qu'est-ce que ? s'étonna mon père.

– Ce n'est rien, le rassura Cassie.

Ses yeux brillaient comme chaque fois qu'elle voit un animal.

– C'est un lama. Ce sont vraiment des animaux très propres, vous savez. Ils…

Soudain, deux individus habillés en kaki arrivèrent en courant et nous bousculèrent pour tourner dans le même couloir que le lama.

Nous restâmes tous les trois sur place, à nous

regarder l'un l'autre d'un air interloqué. Puis une autre personne, une femme armée d'un bloc-notes, surgit à son tour, hors d'haleine.

– Vous n'avez pas vu un lama ?

– Par là, lui dis-je en lui indiquant le couloir.

– Eh ! Mais qu'est-ce que c'est que cette histoire ? voulut savoir mon père.

La femme secoua la tête d'un air accablé, comme si la fin du monde était proche.

– Bart Jacobs doit participer à l'émission avec ses animaux. Le lama s'est échappé. C'est un animal très malin.

– Bart Jacobs ?

Ce nom m'était familier.

– Ce n'est pas ce gars qui exhibe des animaux dans les émissions de télé ?

Cassie fronça les sourcils.

– Bien sûr, que c'est lui. Je ne supporte pas qu'on traîne des animaux sur des plateaux de télé et qu'on les traite comme...

– Bon, s'il n'y a plus d'autres animaux sauvages dans les parages, l'interrompit mon père, il faudrait peut-être qu'on y aille.

Il se remit en marche et nous le suivîmes. Il nous conduisit droit vers la salle de maquillage. La porte était ouverte. Une femme aux cheveux bizarres et au rouge à lèvres voyant regarda mon père et lui fit un petit clin d'œil. Puis elle se tourna vers Cassie et moi, comme si elle se demandait ce qu'elle allait bien pouvoir faire de nos visages.

– C'est elle, lui dit mon père en me désignant. Rachel, je te présente Tai. Tai, voici ma fille Rachel. Elle participe à l'émission.

– Elle a une peau superbe, apprécia Tai. Mais je trouve que ses cheveux manquent de volume.

Elle souleva une poignée de mes cheveux et les rejeta d'un air quasi-dédaigneux.

– Vous vous servez de quoi, pour laver vos cheveux ?

Je lui dis la marque de mon shampooing. Elle sourit d'un air méprisant. Mon père s'éloigna pour aller parler avec des gens qu'il connaissait. Et Tai me fourra dans un genre de fauteuil de coiffeur, m'enveloppa dans une sorte de drap et commença à me faire tout un tas de trucs avec des brosses.

Je déteste qu'on me traite comme ça.

C'est vraiment le genre de truc qui m'énerve au plus haut point.

– Ah, ces cheveux ! Ces cheveux ! geignait Tai.

Puis elle tira dessus d'un coup sec ! Peut-être un peu trop fort...

Je déteste qu'on me tire les cheveux.

Tout à coup, Tai recula.

– Qu'est-ce qui se passe avec vos cheveux ? Ils... ils deviennent gris !

Je regardai derrière elle dans le miroir. Je vis deux choses. Je vis l'expression horrifiée de Cassie. Et je vis mes cheveux qui devenaient gris. Gris et broussailleux.

Comme le pelage d'un loup.

C'était reparti ! Je m'étais mise en colère contre Tai et je morphosais. En loup ! Je lançai un regard désespéré en direction de Cassie. Et Cassie réagit instantanément.

– Regardez ! s'écria-t-elle. Là, dans le couloir ! C'est... euh... c'est Kevin Costner ! Et y a aussi Tom Cruise !

– Où ça ? Où ça ? s'exclama Tai avant de lâcher ses brosses pour se ruer vers la porte.

Je me concentrai.

« Calme-toi... Oublie tes émotions... »

Mais Cassie ne m'aidait pas vraiment. Pas du tout, même.

– Tu m'as menti ! A moi ! Une fois de plus ! Cette histoire d'hereth illint, elle ne t'est jamais arrivée. Tu es toujours aussi allergique !

– Je m'efforce de rester calme, Cassie, l'avertis-je. J'essaie de démorphoser.

– Tu ne peux pas participer à cette émission stupide tant que tu es dans cet état !

– Je dois participer au show ! C'est la seule solution ! Je ne vais pas laisser cet enfoiré de... tiens, regarde ! Tu me fais perdre mon calme !

La fourrure grise commençait à pousser sur le dessus de mes bras et de mes mains. Je fermai les yeux en me répétant : « Pas de colère, pas de colère, pas de colère... »

– Je n'ai pas vu Kevin Costner, remarqua Tai d'un air suspicieux quand elle revint.

– J'aurais pourtant juré que c'était lui ! assura Cassie. Désolée.

– Bon, et maintenant, qu'est-ce qui se passe

encore avec tes cheveux ? s'exclama Tai d'un air consterné à la vue de ma coiffure retournée à son état normal.

– Heu... ils manquent peut-être un peu de... préparation ? suggérai-je.

Et c'est alors que je subis mon second choc émotionnel.

Car c'est à cet instant que le garçon le plus mignon de la planète fit son entrée dans le salon de maquillage.

– Jeremy Jason ! entendis Cassie murmurer d'une voix aussi stupéfaite qu'inaudible.

« Pas d'émotion... pas d'émotion... », me répétai-je sans relâche.

Mais vous vous ne pouvez pas savoir ce qu'il pouvait être mignon, vu de tout près, comme ça. Et puis il sourit à Cassie et fit mine de la serrer dans ses bras. Comme il avait dû le faire avec au moins un million de fans avant elle.

Je vis les genoux de Cassie s'affaisser. En fait, elle tremblait de tous ses membres.

– Salut ! Je suis Jeremy Jason McCole, me dit-il. Tu participes au show, toi aussi ?

– Oui, fis-je en m'efforçant de parler comme un robot. Je participe à l'émission, moi aussi.

Je ne me levai pas du fauteuil de maquillage. Et je ne lui serrai pas la main. Parce qu'il faut que je vous avoue toute la vérité. Même en sachant ce qu'il était devenu. Même en sachant le genre d'individu qu'il était, même en sachant qu'une infecte limace yirk vivait dans sa tête, s'il m'avait pris dans ses bras de la même façon que Cassie, j'aurais morphosé.

Et pas qu'un peu.

CHAPITRE 20

– Eh, fit Jeremy Jason en m'adressant son fameux regard en coin. On ne s'est pas déjà vu quelque part ?

– Non, répliquai-je en secouant la tête. Certainement pas.

– Ah ouais, bien sûr ! C'est toi la fille qui est tombée dans la fosse aux crocodiles avec le gamin. Alors, tu passes dans l'émission aujourd'hui, hein ?

– Elle n'a pas fait que ça, s'empressa de préciser Cassie. Sa maison s'est aussi écroulée sur elle !

Je lui lançai un regard furieux du style : « Mais qu'est-ce que tu racontes ? » Franchement, vous croyez que Jeremy Jason allait me trouver plus séduisante parce que j'avais reçu ma maison sur la tête ? Que ça allait le faire craquer immédiatement ?

Cassie prit un air désarmé, confus, ahuri, et haussa les épaules. Elle continua de fixer Jeremy Jason avec un sourire un peu étrange.

Bien entendu, pour être honnête, je dois admettre que j'arborais sans doute la même expression un peu niaise.

Jeremy Jason me fit son sourire éclatant. Puis, il me dit :

– Écoute, Mlle Catastrophe ou qui que tu sois, est-ce que ça vous embêterait, ta copine et toi, de dégager d'ici ? J'ai besoin de me faire maquiller. Et j'ai pas besoin de public pour ça.

Ça résolut le problème des sourires étranges. Tai me lança un regard féroce et me désigna la porte d'un coup de menton.

En sortant dans le couloir, nous avons trouvé le lama. Il était là, tranquille, vivant sa vie de lama.

– Mlle Catastrophe ? répétai-je. Je vous demande pardon ?

– Dégager d'ici ? gronda Cassie.

Nous nous sommes tournées toutes les deux vers le lama.

– Si tu attends pour te faire maquiller, tu peux

laisser tomber tout de suite, lui expliquai-je. Tu n'es pas une assez grande star.

< C'est possible, mais un jour, je le serai >, m'assura le lama.

– Ouaaah ! hurlai-je en même temps avec Cassie.

Évidemment, vous devez penser que nous devrions être capables de réagir mieux que personne à la manifestation de phénomènes étranges, tels que des lamas parlants. Mais nous avions été prises complètement par surprise.

– Marco ? chuchotai-je.

< Qui d'autre pourrait-il être aussi charmant ? Regarde un peu cette fourrure. Regarde-moi cet adorable petit sourire de lama sur mon adorable petit museau de lama. >

– Qu'est-ce que tu fiches ?

< Jake est quelque part dans le coin en animorphe de cafard. Ax est ici en animorphe de mouche. C'est comme ça que j'étais venu, moi aussi. Et puis je suis tombé sur ce lama qui avait l'air de s'être échappé. Alors je me suis dit : oh, mais pourquoi tu resterais un insecte ? >

– Où est le vrai lama ? murmura Cassie.

< Ne t'inquiète pas. Je l'ai mis dans une loge vide. Au fait, j'ai vu le programme. Bart Jacobs et ses animaux du monde, y compris votre humble serviteur, passent en premier, puis vient l'idole des jeunes, et c'est toi qui clôture l'émission, Rachel. >

Cassie me jeta un regard en coin en dressant un sourcil. Je l'ignorai délibérément. Je savais ce qu'elle attendait de moi.

– Très bien, alors c'est moi qui vais lui dire, m'annonça-t-elle. Marco, Rachel a peut-être exagéré un peu lorsqu'elle nous a dit qu'elle allait bien. Il vaudrait mieux que tu préviennes Jake.

< Elle n'a pas vomis le croco ? >

– Non.

– Je vais très bien tant que je ne suis pas énervée, assurai-je, pour me défendre.

< Tu sais, Rachel, c'est moi qui suis censé être l'irresponsable de la bande >, reprit Marco.

Cassie se mordit les lèvres d'un air pensif.

– Il est trop tard pour que Rachel puisse annuler comme ça. Mais il nous faut une solution de rechange, juste au cas où. Quoi qu'il arrive, on ne peut pas se permettre que des gens voient Rachel morphoser.

< Qu'est-ce que tu peux faire ? Si elle morphose brusquement… >

– Dans ce cas, l'interrompit Cassie, ce qui compte, c'est qu'il y ait toujours une Rachel. Tu comprends ? Cela dit, j'ai du mal à imaginer que je suis capable de penser à une chose pareille, et ça me flanque carrément la frousse. Mais j'en ai bien peur, ma pauvre Rachel, je crois qu'on va avoir besoin d'une copie de toi.

< Morphoser en Rachel ? roucoula Marco. Prom's, prom's ! C'est moi qui le fait ! >

– Quand les poules auront des dents, répliquai-je.

Marco fit pivoter sa tête de lama vers la gauche.

< Ouh là, on dirait que je suis repéré ! >

Les deux dresseurs en treillis kaki surgirent au bout du couloir. Ils s'approchèrent avec précaution. Marco attendit patiemment qu'ils se saisissent de lui, glissent une corde autour de son cou et l'entraînent avec eux.

< A plus, les filles, nous lança Marco en s'en allant. Et je vous dis merde ! C'est une façon de

parler, mais c'est ce que disent toujours les gens du show biz pour se souhaiter bonne chance ! Je vais passer à la télé ! Je vais passer à la télé ! >

Cassie posa sa main sur mon bras.

– Qu'est-ce que tu fais ? lui demandai-je.

– Ne t'inquiète pas. Je n'utiliserais jamais ton animorphe à mauvais escient, m'assura solennellement Cassie.

Et puis je me mis à rêver et à planer pendant qu'elle acquérait mon ADN.

– Ne t'en sers que s'il le faut vraiment, la suppliai-je. Ça me fait bizarre. C'est vrai, je te jure !

Je frissonnai. Puis je sentis mon visage commencer à s'allonger vers l'avant.

– Rachel !

– Je suis calme, ça va, je suis calme, je suis calme, la rassurai-je.

Puis, je pris une profonde inspiration pour me débarrasser de la répugnante sensation qui m'avait envahi à l'idée de servir d'animorphe. Le processus de morphose allergique s'arrêta et mon visage retrouva son aspect habituel.

– Hé ! Vous, là ! La fille qui tombe ! Venez par ici !

L'assistante du réalisateur surgit par derrière, m'empoigna par le bras et me fit traverser le hall.

– Bon, alors, écoutez bien parce que nous sommes affreusement en retard. Vous allez passer dans la dernière partie. Je vous dirai quand vous devrez y aller. Vous traverserez le plateau pour rejoindre Barry. Il vous serrera la main. Puis, Cindy Sue vous serrera la main, sauf si elle est mal lunée. Puis, vous vous asseyez. Ne vous occupez pas de la caméra, contentez-vous de regarder Barry et Cindy Sue. Ils vont vous interroger au sujet de tout ce bazar d'alligator…

– De crocodile, la corrigeai-je.

– Vous leur racontez votre petite histoire. Si Barry fait ceci avec sa main, ça voudra dire allez plus vite. S'il fait cela, ça sera finissez-en, parce qu'on n'a plus le temps. C'est compris ? Parfait. Pas de problème.

Soudain, elle s'immobilisa devant Cassie.

– Vous êtes qui, vous ?

– Je suis la partenaire de la fille qui Tombe, la sirène qui plonge !

L'assistante la dévisagea avec des yeux ronds.

– C'est mon amie, expliquai-je. Elle est venue me soutenir moralement, vous comprenez ?

– Mouais, peu importe. Bon, venez. Désolée, on ne peut pas utiliser le salon où l'on fait habituellement attendre les artistes. Nous avons invité un groupe de rock la semaine dernière, et ils ont saccagé la pièce.

Elle continuait de me tirer par le bras, ce qui aurait dû me rendre furieuse. Sauf que je ne pouvais pas devenir furieuse. Ni triste. Ni quoi que ce soit, sans déclencher une réaction allergique.

L'assistante au bloc-notes nous installa, Cassie et moi, sur deux hauts tabourets. Nous étions dans un coin sombre, tout contre un mur de parpaings couvert de fils, de câbles et de commutateurs électriques.

Bart Jacobs, le montreur d'animaux, était assis sur un tabouret comme nous. Il fumait une cigarette et parlait à l'un de ses aides.

Le long du mur de parpaings étaient alignées une demi-douzaine de cages remplies de ses animaux : un lionceau, un éléphanteau, un python et un aigle royal.

De notre recoin ténébreux, nous pouvions contempler le décor du plateau de Barry & Cindy Sue. Il était conçu pour avoir l'air d'une salle de séjour, avec au milieu des sièges confortables. Face aux sièges, il y avait les caméras : une de chaque côté, et une droit devant.

Face au plateau, il y avait le public du studio. Que je ne pouvais que deviner, sans pouvoir le distinguer. Il était dans l'obscurité, et les projecteurs aveuglants qui illuminaient le décor m'empêchaient de voir quoi que ce soit d'autre.

Et soudain, Barry en personne surgit.

– Salut à tous ! Nous allons faire un show fantastique, aujourd'hui ! J'espère que vous avez tous la super forme ! Super ! Super ! La super énergie ! Restez gonflés à bloc ! A plus !

Dix secondes plus tard, Cindy Sue fit son entrée dans une effluve de parfum, suivie d'un homme armé d'une brosse et d'un peigne qui s'efforçait de la coiffer en marchant. Elle me fit un sourire forcé et jeta un regard dédaigneux sur Bart Jacobs.

Le montreur d'animaux se pencha contre moi, ôta sa cigarette de ses lèvres et se mit à parler :

– Elle ne m'a jamais pardonné depuis qu'une de mes petites bêtes s'est oubliée sur sa robe.

Au-delà du champ des projecteurs, j'entendis le grondement du public saluant le début de l'émission. De l'autre côté du plateau, j'aperçus mon père qui discutait avec l'assistante au bloc-notes. Il me vit et me fit un clin d'œil.

Je n'étais pas nerveuse. Je n'avais pas peur. Pas d'émotion. Pas d'émotion. C'était la seule solution. Je pouvais y arriver. Je le pouvais.

Barry et Cindy Sue bavardaient sur la scène. Tout à coup, Jeremy Jason déboula comme une petite tornade. Il avait l'air fou furieux. Je l'entendis s'énerver à mi-voix sur un type qui avait l'air terrifié :

– Comment ça, le salon des artistes est fermé ? Vous croyez qu'on peut me traiter comme ça ? Je suis Jeremy Jason McCole !

Bien entendu, il n'était sans doute plus réellement Jeremy Jason McCole, désormais. « Il est sans doute un Contrôleur », me suis-je souvenu. En ce moment même, le véritable Jeremy Jason était emprisonné dans un coin de son propre esprit. Spectateur impuissant, il ne pouvait que laisser le

Yirk contrôler chacun de ses mouvements, chacune de ses actions, chacun de ses mots.

Est-ce que ce pauvre petit mec, vain et ambitieux, avait au moins commencé à comprendre qu'il s'était fait avoir ? Est-ce qu'il avait au moins fini par réaliser qu'il n'y a rien de pire que de vouloir s'associer avec un Yirk ?

Le Yirk est le maître. L'hôte humain est son esclave. Un point c'est tout. Et lorsque l'infestation est volontaire, l'esclave humain est encore plus faible. Encore moins capable de résister.

Ça me rendait malade rien que d'y penser. Jeremy Jason l'avait voulu. Il s'était laissé piéger tout seul. Mais ça me rendait quand même malade...

Eh là, une seconde ! Mais c'est que je me sentais vraiment malade !

« Oh, non ! Non ! priai-je silencieusement. Pas maintenant ! »

Je me tournai vers Cassie.

– Cassie ? Je ne crois pas que je vais pouvoir assurer.

– Qu'est-ce que tu racontes ? Écoute, si tu te

sens effrayée, ou je sais pas quoi, tu n'as qu'à contrôler ton émotion.

Je secouai la tête.

– C'est pas ça. Je me sens... bizarre. J'ai l'impression d'être déformée. J'ai l'impression qu'il se passe quelque chose en moi.

– L'animorphe allergique ?

– Je ne crois pas. Ça, je le contrôle, maintenant. Je crois qu'il m'arrive peut-être ce truc.

– Quel truc ?

– Tu sais bien.

– Le hereth illint ? Maintenant ? Ici ? Maintenant ?

Je hochai la tête.

– Ouais. Ici. Maintenant.

CHAPITRE 21

– Oh non ! gémit Cassie.

Mais elle gémit discrètement, parce que Bart Jacobs était toujours assis près de nous. Il parlait à ses aides et se préparait à monter sur scène.

Barry venait de finir de raconter une histoire drôle. Le public poussa un hurlement de rire. Cindy Sue commença à annoncer le montreur d'animaux. Il se leva et défroissa ses vêtements. Un assistant se précipita en lui tendant l'extrémité d'une laisse. A l'autre bout, il y avait le lama.

< Re-bonjour, fit Marco. Hé, les filles, on est dans le show-biz ! J'ai toujours su que j'y arriverais. J'avais peut-être pas exactement prévu de le faire en lama, mais… >

– … et le voici, Bart Jacobs !

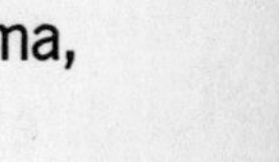

Applaudissements. Bart s'avança, traînant Marco derrière lui. Ses assistants préparaient déjà les autres animaux. Jeremy Jason était dans un coin sombre et discutait d'un air furieux avec quelqu'un.

Pendant ce temps, j'étais au plus mal.

Ax n'avait pas précisé que le hereth illint est excessivement désagréable. Cela commença par une nausée si intense que je faillis répandre mon déjeuner un peu partout. Mais après ce désagrément gastrique, je sentis bientôt se profiler quelque chose de bien pire. Une sensation de complète désorientation. Mon corps avait entrepris de rejeter l'ADN du crocodile. Mais l'animal qui était en moi ne se laissait pas faire gentiment. Avant de pouvoir s'en aller, il se réveilla en moi. Je sentais l'esprit froid et calculateur du saurien grandir à l'intérieur du mien.

J'étais en train de perdre le contrôle de mon propre corps !

Exactement au même instant, à l'intérieur du même corps, deux cerveaux parfaitement distincts voyaient le monde à travers mes yeux. Le crocodile était nerveux. Il n'était pas habitué à ça. Il ne savait pas où il était.

Mais les crocodiles ne sont pas que des machines à tuer stupides et impitoyables. Ce sont des machines à tuer malignes et impitoyables. Et le crocodile négligea le fait qu'il se trouvait dans un endroit où aucun crocodile n'aurait jamais dû se trouver. Il s'occupait des choses qui en valaient la peine. Il se concentrait sur ce qu'il avait besoin de faire.

Et il avait besoin de manger.

Le crocodile essaya de fouetter l'air avec sa queue. Mais il n'avait pas de queue. Alors il secoua mon… euh, notre… non, mon derrière.

– Rachel ! Qu'est-ce que tu fais ?

– Je… Je ne…, réussis-je à balbutier.

Puis, le crocodile estima qu'il était inutile d'essayer de nager. Il allait tout simplement courir après sa proie. Et il avait des jambes.

Avant même d'avoir pu tenter de résister, je me mis à agiter les bras et à traîner les pieds comme une folle dingue. Et je fonçai droit sur Jeremy Jason McCole.

Droit sur lui, mes formidables mâchoires de crocodile grandes ouvertes pour tuer. Tuer vite !

Sauf que je n'avais pas de mâchoires de crocodile.

– Aaaaahhhh ! hurla Jeremy Jason lorsque je plantai mes dents dans son épaule.

Cassie me ceintura et m'arracha à lui en me tirant en arrière.

– C'est une grande fan, Jeremy Jason ! Elle t'aime à la folie !

– Éloignez cette dingue de moi ! hurla Jeremy Jason.

J'essayai de mordre Cassie.

Un assistant de Bart Jacobs fit sortir Marco de scène et un autre poussa une tortue géante sous les projecteurs.

< J'ai cassé la baraque ! s'exclama Marco. Ils sont fous de moi... eh là ! Eh ! >

Je mordis Marco au cou. Heureusement, les dents humaines ne sont pas trop dangereuses.

Cassie me tira en arrière et, cette fois, quoiqu'un petit peu trop tard, je me sentis redevenir Rachel. Mais ce n'était pas la fin de mes problèmes. Car pendant que mon esprit humain reprenait le dessus, je sentis soudain mon poids s'accroître. J'avais l'impression d'être incroyablement lourde. Et je sentais mes habits s'étirer et se tendre dans mon dos. Ça faisait comme des spasmes sur mon cou et mes manches.

Tout d'un coup, je me retrouvais avec la silhouette du bossu de Notre-Dame. Quelque chose de très gros commençait à grandir sur mon dos. Et j'avais bien peur de savoir ce que c'était.

Maintenant, je savais ce qu'était le processus dont Ax avait parlé. J'avais compris que l'ADN du crocodile allait être expulsé par mon organisme. Mais je n'avais pas réalisé qu'au cours du processus, il allait devenir une superbe machine à tuer de sept mètres de long !

Mais l'ennui, dans tout ça, c'est que ça n'était pas le pire. C'est que, vous comprenez, toute cette histoire m'avait mise légèrement sur les nerfs. J'étais furieuse. J'étais terrifiée. J'étais furieuse d'être aussi terrifiée. Je n'étais qu'un paquet d'émotion concentrée.

Et je n'étais pas encore débarrassée de mon allergie.

CHAPITRE 22

– Rachel ! s'affola Cassie.

– Je sais ! répliquai-je.

– Il faut qu'on s'en aille d'ici !

– Je sais, je sais !

Cassie m'empoigna et m'entraîna aussi vite que possible loin du plateau. Au passage, nous bousculâmes Jeremy Jason qui recula d'un bond, horrifié à la vue de la folle furieuse qui l'avait mordu.

Nous frôlâmes l'assistante au bloc-notes qui se mit à hurler :

– Hé là ! Stop ! Vous ne pouvez pas partir !

– Elle a besoin d'aller aux toilettes, prétendit Cassie. Je crois que c'est le trac.

– C'est en bas, dans le hall. Sur la gauche !

Le temps que nous ayons rejoint les toilettes des

dames, je n'étais plus bossue, j'avais carrément l'air d'un bison.

– Qu'est-ce qu'on va faire ? demanda Cassie.

– Comme si je pouvais le savoir ! répliquai-je d'une voix stridente. Y a un crocodile qui est en train de sortir de mon dos ! Et… et je crois que… Grrr… Grroaaarrr !

Je regardai mes mains avec horreur. Oui. Elles se couvraient d'une épaisse fourrure brune. Une fourrure que je connaissais bien.

Une fourrure de grizzly.

– Ax a dit que tu devais te concentrer ! Contrôler le processus ! Ou un truc comme ça.

Je lançai un regard furieux à Cassie. Je n'étais plus capable de parler. J'étais en train de me changer en ours à une vitesse insensée. Et ça ne se limitait pas aux pieds, cette fois. Mon museau arrondi s'avançait. Mes doigts raccourcissaient et mes ongles, au contraire, s'allongeaient pour devenir les monstrueuses griffes recourbées qui pouvaient éventrer un élan. Et dans le même temps, le crocodile émergeait de mon dos. Littéralement, il sortait en rampant et en se tortillant hors de moi !

Ça ne me faisait pas mal. Mais je vous jure, c'était franchement abominable ! Plus abominable que la pire des abominations ! Et je suis une fille qui a déjà vu un certain nombre d'abominations.

– Oh, non ! s'exclama Cassie horrifiée, fixant d'un regard épouvanté ce qui se passait sur mon dos.

C'est à ce moment que quelqu'un voulut ouvrir la porte des toilettes.

– Allez-vous en ! C'est occupé !

– J'ai besoin d'y aller, geignit une voix féminine.

– Croyez-moi, insista Cassie, allez voir ailleurs !

< Cassie ! hurlai-je aussitôt que je pus me servir de la parole mentale. Ce crocodile. Ce n'est pas moi. Tu comprends ? C'est un vrai crocodile, absolument incontrôlable ! >

Cassie fit le tour des toilettes d'un œil désespéré. Les lieux étaient indiscutablement trop petits pour contenir un crocodile de sept mètres et un grizzly.

< Cassie. Le croco va te tuer. >

Le crocodile était à présent si lourd qu'il m'écrasait sous son poids. Et dans le miroir des toilettes, je vis l'image affreuse d'une tête de crocodile qui grandissait et émergeait juste derrière ma propre nuque. J'aurais dû être plaquée au sol par le poids du reptile, mais en même temps qu'il grandissait, je devenais moi-même un grizzly. Et les grizzlys sont sacrément costauds.

– Je n'ai aucune animorphe capable d'affronter un crocodile ! me prévint Cassie. Rien ne peut battre cet animal !

< Alors sors d'ici ! >

– Je peux pas ! Tu bloques la porte avec ta queue de crocodile !

< Cache-toi quelque part ! Vite ! La tête est presque formée ! >

Je vis mon reflet dans le miroir. On aurait dit une image de synthèse créée à partir des cauchemars d'une folle. C'était délirant ! Deux têtes semblaient émerger d'un même corps : celle d'un ours et celle d'un crocodile. Le saurien fit claquer ses mâchoires hérissées de crocs, histoire de faire un essai.

< Rachel, qu'est-ce qui va se passer si le crocodile attaque l'ours ? >

Je fus surprise d'entendre Cassie utiliser la parole mentale.

< Cassie, tu es en train de morphoser, ici ? >

< Oui ! >

< En quoi ? >

< Euh... euh... en écureuil ! >

< En écureuil !... En écureuil ! ?... >

< C'est tout ce que j'ai trouvé ! >

A cet instant, j'éprouvai une sensation de glissement, de coulissement. J'avais l'impression que mes entrailles s'échappaient à travers mon dos, mais ce n'était pas vraiment douloureux. Pour être plus précise, ça donnait affreusement envie de vomir.

Puis, je me sentis soudain libérée de l'énorme poids qui m'accablait. J'entendis une violente série de bruits sourds.

Le hereth illint était terminé. J'avais « roté » le crocodile. Il était étalé sur le sol carrelé, sa grosse queue douloureusement pliée dans l'angle, bloquant la porte.

Quant à moi, j'étais désormais un grizzly entièrement constitué. J'étais toujours debout, et ma grosse tête hirsute frottait contre les dalles du faux plafond. Je sentais la formidable puissance contenue dans mes énormes épaules. Je sentais l'invincibilité de l'ours.

Rien de ce qui vivait ne pouvait abattre un ours grizzly. Sauf… sauf, peut-être l'énorme saurien qui se trouvait à mes pieds. Par-dessus la porte d'une des toilettes, je vis un écureuil s'accroupir sur le siège d'une cuvette, tremblant et frémissant à la façon des écureuils.

< Le crocodile me regarde d'un sale œil >, dis-je.

J'éprouvais une terreur abominable. Vous ne pouvez pas savoir à quel point un animal peut-être meurtrier tant que vous n'avez pas été cet animal.

J'avais été le crocodile.

Les ours grizzly sont d'une force incroyable. D'un simple coup de patte, ils sont capables d'assommer un cheval. Mais le grizzly ne dispose d'aucune arme contre le crocodile. Même ses terribles griffes seraient incapables de percer l'armure écailleuse de ce monstre.

Et dès lors que ce crocodile aura pu refermer ses mâchoires sur n'importe quelle partie de l'ours, l'ours… c'est à dire moi… finira par être déchiqueté, impitoyablement démembré. Le crocodile me fixa froidement. Il sourit à la façon des crocodiles. En exhibant ses crocs. Puis il attaqua.

CHAPITRE 23

Je vis une rangée de crocs. Et puis je vis un éclair gris. Une queue broussailleuse, de minuscules mains et de grands yeux bruns passèrent en trombe.

< Cassie ! >

L'écureuil gris bondit par-dessus la porte de la cabine des toilettes, vola dans les airs, atterrit sur la tête de dinosaure millénaire du saurien et se mit à griffer ses gros yeux fendus.

Le crocodile devint fou. Il oublia mon existence et commença à se débattre comme un dément pour tenter d'éjecter l'écureuil.

Et c'est ce moment précis que quelqu'un choisit pour vouloir entrer dans les toilettes.

– Je ne trouve pas d'autres toilettes ! J'ai besoin d'entrer ! supplia une voix de femme.

Toujours la même.

Le crocodile fouetta l'air avec sa queue.

Je lui assénai une claque monstrueuse, frappant à toute volée avec une patte de la taille d'un jambon.

Et nous heurtâmes tous deux la porte des toilettes.

Elle parut exploser, arrachée de ses gonds, pour laisser s'échapper un énorme crocodile avec un écureuil sur la tête, suivi d'un grizzly.

– Aaahhhhhhh ! hurla la dame impatiente.

Je suppose qu'elle aura trouvé d'autres toilettes, après ça.

Je trébuchai sur le crocodile et tombai à la renverse sur le sol. En un éclair, il fut sur moi.

J'essayai de me redresser sur mes quatre pattes, mais ce maudit lézard était du genre rapide ! Puisqu'il ne me laissait pas le temps de me relever, je n'avais plus qu'à me servir de mes griffes pour tenter de rejoindre le hall. Je plantai donc mes griffes longues de plus de quinze centimètres dans les murs et me propulsai ainsi en glissant sur mon dos, tel un étrange grizzly amateur de glisse qui aurait légèrement pété les plombs.

Je fuyais en catastrophe, déchirant les murs sur mon passage. Le croco me poursuivait en faisant claquer ses crocs dans le vide à quelques millimètres de mes pattes postérieures.

Cassie avait presque été désarçonnée. Elle s'agrippait de toutes ses forces au cou du monstre, mais elle ne pouvait plus atteindre ses yeux.

Et puis, fuyant toujours à toute vitesse, je sortis du couloir. D'une dernière traction, je me propulsai sur mon dos dans les coulisses, poursuivie par un gigantesque crocodile et un écureuil fou.

Les gens qui se tenaient autour du plateau commencèrent à nous remarquer.

– Ahhhhhh !

– Au secours ! A l'aiiiiiide !

– Sauve qui peut !

Soudain, les mâchoires du crocodile se refermèrent sur ma patte.

– GggrôôôôRRRAAAWWRRR ! ai-je rugi de rage et de douleur.

Un lama échappa à son dresseur et, avec un courage insensé, se précipita sur le crocodile. Marco ne pouvait absolument rien faire, mais ça ne l'empêcha pas d'essayer. A peine arrivé, il fut projeté dans les airs. Mais il se remit aussitôt sur ses pattes et revint à la charge.

– Faites sortir ces animaux d'ici ! hurla l'assistante au bloc-notes, frisant l'hystérie.

– Ce ne sont pas mes animaux ! Ce ne sont pas mes animaux ! geignit Bart Jacobs en courant se mettre à l'abri. Je ne sais pas d'où ils viennent !

Le croco commença à s'acharner sur ma patte, à me broyer les os tout en la secouant en tous sens. Il essayait littéralement de me l'arracher !

Et ça faisait mal.

Ça faisait très mal.

– GROOOWWWWR !

– Oh, non ! Le show va être foutu !

– On va devoir se recycler dans la pub ?

– C'est pas mon problème ! Sauve qui peut ! Yaaaahhhh !

CHAPITRE 24

Ce fut peut-être grâce à la charge aussi courageuse qu'insensée du lama. Ou encore parce que Cassie recommença à lui griffer les yeux. Mais le crocodile entrouvrit ses mâchoires de quelques centimètres. Juste assez.

D'un coup sec, j'extirpai ma patte broyée de sa gueule et tentai de m'éloigner assez pour pouvoir me retourner et l'affronter de face. Ce qui me laisserait une chance de l'avoir.

Malheureusement, à la suite de cette manœuvre, l'ensemble de la mêlée – grizzly, écureuil, lama et crocodile – se retrouva au centre du plateau, sous les yeux des projecteurs et des caméras.

Là où Barry et Cindy Sue tentaient courageusement d'interviewer Jeremy Jason McCole.

Là où Jeremy Jason McCole avait juste commencé à dire :

– Chère Cindy Sue et cher Barry, je voulais vous dire que j'ai décidé de m'associer à des gens formidables qui s'occupent d'une organisation que je trouve franchement extraordinaire. Et, je crois que…

Sur quoi, les projecteurs illuminèrent notre mêlée furieuse de bêtes féroces grondant, mordant, tailladant, couinant et rugissant, hérissées de fourrure, d'écailles, de griffes et de crocs.

Barry s'éjecta de sa chaise et battit en retraite à une vitesse stupéfiante.

Cindy Sue resta cool. Elle se contenta de demander :

– Bart Jacobs pourrait-il venir récupérer ses animaux ?

Bien entendu, Bart n'avait pas la moindre envie de se mêler d'un combat entre un crocodile et un ours.

– Mais ce ne sont pas mes animaux, pauvre imbécile ! hurla-t-il à Cindy Sue.

C'est Jeremy Jason qui fut le plus surprenant. Il

ne partit pas en courant. Il ne cria pas. Il se figea sur place. Il se figea comme une statue de glace. La seule chose qui bougeait encore chez lui, c'était ses yeux. Ils s'écarquillaient de plus en plus.

C'est alors que j'ai remarqué qu'un Andalite avait surgi au milieu de ce chaos, bien qu'il ait pris soin de rester hors du champ des caméras. Et il restait là, surveillant avec attention ce qui se passait. C'était Ax !

< Qu'est-ce qu'il faut pour arrêter ce machin ? > me demanda Cassie d'une voix désespérée alors qu'elle s'efforçait de labourer les yeux du monstre.

< Beaucoup plus de choses que tout ce qu'on peut avoir ! > lui avouai-je sombrement.

Tout à coup, le crocodile secoua son corps tout entier dans un mouvement d'une violence invraisemblable. J'étais dans une animorphe d'ours grizzly, et jamais je n'aurais imaginé qu'il puisse exister quelque chose de plus fort qu'un grizzly. Mais maintenant que nous étions face à un crocodile, nous savions tous que ça existait.

Cassie avait été éjectée. Plus loin que Marco. Je la perdis de vue alors qu'elle volait dans les airs, modifiant l'angle de sa queue touffue pour se diriger comme un cerf-volant.

Et maintenant, il n'y avait plus rien entre moi et le crocodile.

C'était un animal qui se nourrissait en entraînant des gnous ou des antilopes au fond des rivières. J'étais plus grosse que ses proies habituelles. Mais ce croco-là avait une dent contre moi. Il avait commencé à me dévorer, et je m'étais échappée. Et ça ne lui avait pas plu.

Il s'avança vers moi. Et là, permettez-moi de vous dire une chose : je vous jure que personne, mais alors personne ne peut souhaiter voir un jour un crocodile le regarder comme s'il était un casse-croûte.

Est-ce que j'avais peur ? Oh, oui ! Si je faisais face, si je l'affrontais, je serais battue. Point à la ligne.

< Allez, ça suffit, dit Jake. On se tire d'ici ! >

Jake. Il nous avait retrouvés. Et il n'avait pas l'air joyeux.

Puis, j'entendis résonner dans ma tête les paroles mentales de Cassie.

< Je suis devant les tableaux de commande

électrique ! Je crois que je peux couper les lumières ! Préparez-vous à courir ! >

< Quoi ? >

< Dès que les lumières s'éteignent, tout le monde dégage ! > s'écria Cassie.

< Je suis prêt >, annonça Marco.

Et c'est alors que le destin intervint. Marco était en train de se relever sur ses pattes de lama. Ses sabots dérapèrent soudain sur le sol lustré et il alla se jeter contre le dos du fauteuil de Jeremy Jason.

Le jeune acteur – ou le Yirk qui se cachait dans sa tête – était toujours figé d'effroi. Et il resta figé lorsqu'il fut projeté hors de sa chaise et atterrit juste devant la gueule du crocodile.

CHAPITRE 25

Le public poussa une nouvelle clameur d'effroi.

Cindy Sue finit par craquer et partit en courant.

Barry débitait des ordres ridicules au milieu d'une panique intégrale.

– Trouvez une agrafeuse ! Trouvez-moi une agrafeuse !

Enfin, je crois que c'est ce qu'il disait. Mais j'étais un peu distraite.

Jeremy Jason n'était plus paralysé.

– Aaaaahhhh ! Aaaaahhhh ! Au secours ! Sauvez-moi ! Sauvez-moi ! Retirez-le de ma tête !

Et malgré mon regard myope d'ours, j'aurais pu jurer avoir vu une chose grise et visqueuse s'échapper de l'oreille de Jeremy Jason.

C'est alors que les lumières s'éteignirent.

< Allez ! Tout le monde dehors ! > cria Cassie.

La pénombre soudaine ! Pas le noir absolu, mais un noir assez sombre pour empêcher les caméras comme le public d'y voir.

Le public où régnait un furieux bazar. Car si c'est une chose de voir des animaux sauvages exhibés sur une scène, c'en est une autre, fort différente, de se retrouver assis dans le noir sans savoir si les animaux en question ne vont pas se ruer dans la salle pour vous choisir comme dessert…

Le studio tout entier résonnait de hurlements. De hurlements mêlés de rugissements animaux. Et, dans cet affolement, je percevais le cri perçant, horrifié, de Jeremy Jason.

– Au secours ! Au secours !

Je devinai une suite de mouvements dans le fond du plateau.

Un Andalite bondit soudain dans les airs ! Il retomba exactement sur le dos du crocodile. Sa queue frappa comme la foudre.

Une fois !

Deux fois !

Trois fois !

Et brusquement, le crocodile ne fut plus une menace pour Jeremy Jason.

< Ax ? > demandai-je.

< Oui >, répondit-il d'une voix sinistre.

Je savais que les Andalites étaient plus redoutables qu'ils n'en avaient l'air. Je m'était déjà battue au côté d'Ax. Mais jamais rien ne m'avait autant impressionnée que ce que je venais de voir. Ce crocodile était un tank ! Rien ne pouvait l'arrêter !

Mais Ax l'avait arrêté.

< Où est passé le Yirk ? > lui demandai-je.

< Je l'ai vu quitter cet humain quelques secondes plus tôt. >

Ainsi donc, j'avais bien vu une de ces immondes limaces s'enfuir du crâne de Jeremy Jason ! Le Yirk avait cédé à la panique. Il avait eu peur d'être dévoré avec le corps de son hôte.

A présent, il rampait quelque part sur le plateau obscur, tel un escargot privé de sa coquille.

< Tout le monde va bien ? > demanda Jake.

< Ouais >, répondis-je.

< J'suis en vie, fit Marco. Pas au mieux de ma forme, mais vivant. >

< Alors tirons-nous d'ici ! > grogna Jake.

< Quand tu veux ! > acquiesçai-je avec enthousiasme. Je baissai les yeux sur la tête désormais inerte du crocodile. Même mort, il continuait de me terrifier.

Peut-être parce qu'il était encore tout près d'un Jeremy Jason McCole hurlant, glapissant, jurant et complètement hystérique.

Je filai vers l'autre extrémité du plateau. Mais, alors que je courais, je sentis une de mes grosses pattes d'ours écrabouiller quelque chose.

Une chose molle, chaude et visqueuse.

Une chose qui ressemblait à une grosse limace.

< Je ne crois pas que le Yirk soit allé bien loin >, ai-je dit.

CHAPITRE 26

Nous avons démorphosé dans les toilettes des dames. Ax fit le contraire, morphosant dans sa forme humaine.

Mais nous avions perdu Cassie.

– Je vais la chercher, ai-je proposé. Vous, les garçons, il vaut mieux que vous sortiez d'ici. Je suis censée être là, mais vous, on ne pourrait pas expliquer votre présence.

Je retournai vers le plateau. Il était toujours dans la pénombre. Je ne savais pas ce que Cassie avait fait aux éclairages, mais c'était long à réparer.

Une quantité incroyable de cris résonnaient dans tous les coins. Et aussi d'une effrayante quantité de... jurons.

En contournant un angle de la salle, je rentrai

pratiquement dans le dos d'un homme qui se trouvait là. Il ne se retourna même pas. Il concentrait toute son attention sur une personne qui se tenait juste en face de lui.

J'entendis une voix qui disait :

– Non, mais vous y croyez, vous, à ma chance ?

La voix me paraissait en même temps étrange et familière. Comme si je l'avais déjà entendue, ou quelque chose comme ça.

Puis je réalisai.

– Écoutez, je tombe dans une fosse de crocodiles, ma maison s'écroule sur moi, et maintenant, ça !

Je me haussai sur la pointe des pieds pour regarder par dessus l'épaule de l'homme. C'est moi que je vis. Moi.

Ou plutôt Cassie, morphosée en moi.

L'homme avec lequel elle parlait était un des producteurs de l'émission.

– Vous êtes une jeune fille très malchanceuse, reconnut-il.

– C'est ce que je me tue à répéter à tout le monde, poursuivit Cassie. Mais les gens continuent à dire que j'ai vraiment une chance incroyable d'avoir survécu. Et moi, je m'obstine à répondre : « non ! »

Il hocha la tête.

– Vous savez, pendant un moment, je me suis demandé si vous... commença-t-il, avant de laisser sa phrase en suspens.

Puis il haussa les épaules.

– Mais le crocodile a été tué. Et vous êtes toujours là.

Je m'aplatis contre le mur. S'il se retournait et me voyait, il allait sûrement péter les plombs. Sans parler de ce qui arriverait s'il était un Contrôleur... Je ne pouvais pas courir un risque pareil.

– Ouais, je suis heureuse qu'il ne m'ait pas attrapée, ajouta Cassie. Bon, maintenant, j'aimerais bien m'en aller d'ici, mais il faudrait d'abord que je retrouve mon père. Il doit être quelque part par là. Vous savez, ça serait pas mal si quelqu'un voulait bien essayer de remettre un peu d'ordre dans tout ce bazar.

Sur ces mots, Cassie contourna son interlocuteur pour s'éloigner. Je détournai la tête pour éviter de la surprendre.

– Andalite ! s'exclama l'homme.

Mon cœur cessa de battre. C'était un test. Il voulait voir si Cassie allait réagir. Si elle reconnaissait le mot. Si jamais Cassie tressaillait, hésitait ou s'arrêtait, il saurait.

Il saurait.

Je n'aurais jamais dû m'inquiéter.

Quand il aboya le mot « Andalite ! », elle continua de marcher du même pas et répliqua sans un soupçon d'hésitation :

– Fataliste ! Ouais, vous avez raison, c'est bien tout ce que je peux être !

L'homme émit une sorte de grognement indifférent et s'éloigna.

Je suivis Cassie.

– Bien joué, sœurette, lui lançai-je en souriant.

– Ah, super, te revoilà. Ça, c'est une bonne chose. Je te raconte pas le mal que j'ai eu à contrôler cette animorphe !

– Tu as eu des problèmes pour être moi ? Quel genre de problèmes ?

Elle dressa un sourcil d'une façon qui était autant la sienne que la mienne.

– C'est l'espèce de chose qui te sert de cerveau. Il fait rien qu'essayer de me faire faire des trucs idiots.

Des brancardiers passèrent à toute vitesse au milieu de nous en nous repoussant chacune d'un côté. Lorsque nous fûmes à nouveau seules, je déclarai :

– Écoute, j'avais dit qu'on allait improviser, non ? Et regarde si tout ne se termine pas bien ? Nous sommes tous en vie. Jeremy Jason ne risque pas de refaire de la pub pour quoi que ce soit avant un bon moment, et sûrement pas pour le Partage. Et en prime, j'ai écrabouillé le Yirk.

– N'empêche que Jake va t'étrangler.

J'éclatai de rire.

– Cassie, si j'étais Jake, moi aussi, je m'étranglerais. Dis-moi, à propos… je suppose que ça ne te dirais rien de rester dans mon corps un peu plus longtemps…

– Oh non.

– Trouillarde !

– Oh oui.

CHAPITRE

27

Deux jours plus tard, nous étions assis devant la télé dans ma chambre d'hôtel. Il faudrait compter encore une semaine, au moins, avant que ma maison soit reconstruite.

En attendant, il y avait le room service. Et la télé par câble.

Nous nous prélassions en mangeant des pâtisseries. Les Animorphs au complet. Cassie, l'écolo convaincue, la folle des animaux ; Marco, qui pensait que la vie c'était fait pour rigoler ; et notre intrépide et néanmoins modeste chef, Jake.

Il y avait aussi un petit gars d'une beauté troublante qui s'appelait Ax. Un petit gars qui était en fait un Andalite lorsqu'il n'était pas dans une animorphe humaine. Tout le visage d'Ax était recouvert de gâteau. Ax n'a pas de bouche dans son corps originel, et le sens du goût le submerge totalement quand il morphose en humain. Ce bon garçon devient dangereux dès qu'il y a de la nourriture dans les parages.

Enfin, perché sur le rebord de la fenêtre, il y avait un faucon à queue rousse à l'air féroce. Tobias ne voulait pas de gâteau. Nous regardions la télé en picorant des miettes de gâteau, quand elle commença à émettre un thème musical familier.

Marco improvisa ses propres paroles et entreprit d'accompagner le générique.

– Pour Vous Distraire Ce Soir, on vous baratine, sans vous fatiguer les méninges ! Pour Vous Distraire Ce Soir, on a des stars pile poil ! Oh yeah, ce soir on va vous distraire et vous passer la cervelle à l'eau de Javel, ouap, dou-ouap, oh yeah !

Jake lança un oreiller et toucha Marco derrière la tête.

– Chhhhhuuut, fit Cassie. Ça commence.

Le présentateur annonça :

– Vous vous souvenez tous du reportage que nous vous avons fait hier au sujet de l'invraisemblable mêlée qui s'est produite au cours d'une séquence du célèbre Barry & Cindy Sue Show. Plusieurs animaux sauvages amenés sur le plateau par Bart Jacobs se sont échappés et se sont affrontés dans une panique aussi sanglante qu'effroyable, au cours de laquelle Jeremy Jason McCole, la jeune vedette du très populaire feuilleton télévisé la Maison du pouvoir, faillit être dévoré par un crocodile. Eh bien, nous avons aujourd'hui des nouvelles concernant cet événement. Jeremy Jason McCole est sorti de l'hôpital. Ses médecins l'ont jugé en bonne santé. Néanmoins, la situation semble avoir évolué d'une façon assez stupéfiante, puisque l'agent de Jeremy Jason a annoncé qu'il avait décidé de renoncer à son rôle dans la Maison du pouvoir et de quitter le pays. L'agent de McCole a jusqu'à présent refusé de révéler où se trouvait le jeune acteur. Mais selon des sources bien informées, on l'aurait aperçu en Ouzbékistan, une petite République d'Asie centrale.

< En Ouzbékistan ? > répéta Tobias.

– J'imagine que c'est ce qu'il a pu trouver de plus loin et de plus isolé pour échapper aux Yirks et aux médias, remarquai-je.

– Je me demande s'il y a des crocodiles en Ouzbékistan ? se demanda Marco.

– Je parierai que non, repris-je. Ça m'étonnerait que Jeremy Jason ose désormais s'approcher à moins de mille kilomètres d'un crocodile.

– Ou d'un Yirk. Du moins s'il a le choix, ajouta Marco.

Cassie poussa un profond soupir.

– Qu'est-ce qu'il y a, Cassie ? voulut savoir Jake.

Elle soupira à nouveau.

– C'est quand même dommage. Il était mignon.

– Mmmhhh, acquiesçai-je. Ces fossettes…

– Ces cheveux…

– Ces yeux…

– Ces lèvres…

– Ax, ricana Marco, tu aurais dû laisser le crocodile le bouffer.

J'ignorai les paroles de Marco, comme à mon habitude.

– Ça ne fait pas l'ombre d'un doute, c'était vraiment lui le plus beau gosse.

– Bon, ça va ! s'exclama Jake. Marco ? Change de chaîne. Mets-nous Alerte à Malibu.

Je plongeai en avant pour tenter de m'emparer de la télécommande, mais Marco fut le plus rapide. Il pianota sur les boutons et s'exclama :

– Ah, nous y voilà !

Je relevai les yeux vers l'écran, m'attendant à contempler des maillots de bain rouges. Mais à la place, je découvris des épées et des bottes de cuir.

Xena, Princesse guerrière. Une fille comme moi.

Marco me fit un clin d'œil.

– Bon, d'accord, admis-je. Ça, on peut le regarder.

L'aventure continue...

Ils sont parmi nous !
Ne Les laissez pas vous contrôler, lisez...

Le secret

Animorphs n°9

Et découvrez dès maintenant
ce qui vous attend !

« Il n'y avait pas de lumière. Pas du tout. Mais ça n'avait pas d'importance, car j'étais aveugle. J'étais aveugle, mais je n'étais pas perdue.

« Mais qu'est-ce que je fais ? » a demandé une voix étrangère. Je l'ai ignorée. « Non ! » a crié la voix.

J'avais déjà entendu cette voix. Mais elle venait de très loin et s'exprimait dans une langue que je ne comprenais pas. « Non ! Non ! Non ! Laissez-moi partir ! »

Je me suis sentie prise d'une espèce de nausée. Pourtant, j'ai continué de foncer le long du tunnel, tournant par ici, tournant par là. En avançant constamment vers un but. Il y avait une odeur très forte. De plus en plus forte. Je me dirigeais vers elle. Il fallait que je la rejoigne.

« Non ! Laissez-moi partir ! Laissez-moi partir ! »

Je descendais le long des tunnels noirs. Je traversais les flots d'ouvrières pressées d'aller travailler. J'allais vers le centre. Le noyau. Le cœur.

« Au secours ! Au secours ! » hurlait la voix.

La voix... ma voix.

La voix frêle, vacillante, de l'être humain nommé Cassie. Moi. Moi !

< Ahhhhhhhh ! >

Brusquement, j'étais de nouveau Cassie. Je connaissais mon nom. Je savais qui j'étais.

Mais cela n'avait plus d'importance. Le corps du termite avait échappé à mon contrôle. Une volonté plus forte que la mienne le guidait.

Le termite a soudain débouché dans un grand espace dégagé. Un espace qui ne faisait pas plus de sept ou huit centimètres de diamètre, en réalité. Et qui, pourtant, me faisait l'effet d'un stade couvert.

Tout à coup, j'ai compris qui avait pris le contrôle du cerveau du termite. Je savais qui avait relégué mon esprit humain à l'arrière-plan.

Elle était immense. D'une taille qui défiait l'imagination. A une extrémité, j'ai perçu une tête et des pattes avant inutiles, qui s'agitaient dans l'air. De cette petite tête et de ce petit corps partait une poche monstrueuse et palpitante. Grosse comme un ballon dirigeable.

A l'autre extrémité, il y avait une double rangée d'œufs visqueux et collants, qui attendaient d'être emportés par les ouvrières.

La reine.

J'étais dans la chambre de la reine des termites. »

Ils sont parmi nous !

Ne Les laissez pas vous contrôler, lisez...

L'androïde

Animorphs n°10

Et découvrez dès maintenant ce qui vous attend !

“ < Hé, Marco, Ax, vous êtes là ? >

C'était Jake qui s'exprimait par parole mentale.

< Oui, prince Jake, répondit Ax, nous sommes là. >

< On ne ressemble pas vraiment à des top models, mais on est bien là >, ajoutai-je.

< Génial. Je ne suis pas vraiment joli à regarder non plus. J'ai morphosé en mouche. Mais je n'ai pas encore repéré Erek. >

Quelque chose de massif et de lent apparut dans les airs au-dessus de moi. Je m'écartai. La chose atterrit doucement dans un grondement sourd : whoouuumph !

C'était un pied humain ! Une chaussure ! Une Nike !

< Vous savez, ça m'inquiétait de penser qu'un humain aurait pu m'écraser sous son pied, fis-je, mais ils sont si lents ! >

< Fais quand même attention, m'avertit Jake, et faites-le-moi savoir si vous trouvez Erek. >

< Je ne sais pas comment faire pour le reconnaître,

remarquai-je en râlant, ces araignées ne voient pas bien de loin, et les têtes des humains me semblent à des années-lumière, là-haut dans les nuages, par rapport à moi qui suis une créature rampante. >

Néanmoins, Ax et moi avons repris notre chemin, slalomant parmi une forêt de jambes et de pieds énormes qui bougeaient à une vitesse d'escargot.

Puis, tout à coup, droit devant moi, je l'ai vu. On aurait dit un pied humain sans vêtement. Sauf que je pouvais voir à travers la peau… et à travers les ongles des orteils.

Avec mes huit yeux étranges et déformants, je pouvais traverser la brume de l'hologramme, je pouvais discerner ce qu'il y avait dessous. Et ce que je vis, c'était un mélange de plaques d'acier et d'ivoire. Le « pied » n'avait pas d'orteils. En fait, il n'avait pas la forme d'un pied d'homme. Ça ressemblait plus à une patte.

Et ça n'avait rien d'humain. Tous mes sens d'araignée hypertrophiés, qui tintaient et sonnaient comme une alarme, me disaient que ça n'était pas en vie.

< Ax ? >

< Oui, je le vois. >

< Qu'est-ce que c'est ? >

< Je n'en sais rien. >

< On dirait presque une machine. Comme si c'était fait dans du métal. >

< Oui, répondit Ax, selon moi, il se pourrait bien que ton ami Erek soit un androïde. >

Ils sont parmi nous !

Ne Les laissez pas vous contrôler, lisez...

L'oubli

Animorphs n°11

Et découvrez dès maintenant ce qui vous attend !

“ < Prince Jake. Je suis heureux que tu ailles bien. >

– Moi aussi, je suis heureux d'aller bien, répliquai-je. Bon, et à part ça... où sommes-nous ?

– Où, c'est facile, répondit Cassie. Une forêt humide tropicale... Soit dans la forêt tropicale du Costa Rica, soit dans la forêt amazonienne.

– Je parie pour l'Amazone ! lança Marco. Je prends aussi des paris sur le fait qu'on réussira ou non à vivre assez longtemps pour me permettre de récolter les gains de mes paris.

J'éclatai de rire.

– Ton optimisme te perdra, Marco !

Puis, je me tournai vers Cassie.

– Alors, tu penses à la forêt amazonienne, hein ?

– Comme je te l'ai dit, la question de savoir où nous sommes est plutôt facile.

– Cassie, pourquoi ai-je la sensation qu'il y a quelque chose que tu ne me dis pas ? lui demandai-je.

– Tu te rappelles, quand on était en orbite ? Il faisait nuit sur le continent nord-américain, mais le soleil venait tout juste de se lever sur la mer Rouge, tu te souviens ?

– Ouais, sans doute, haussai-je les épaules.

– Eh bien, après qu'on a tiré sur le vaisseau Amiral, quand on était en train de tomber, il faisait jour ici. Au-dessus de l'Amérique du Sud.

Il me fallut une poignée de secondes pour comprendre de quoi elle parlait.

Ax sortit du vaisseau Cafard et s'approcha de nous d'un trot léger. Il s'essuyait les mains sur un bout de tissu.

< Si l'on en croit l'observation de Cassie, il me semble évident que lorsque nous-mêmes et le vaisseau Amiral avons fait feu simultanément, les rayons Dracon se sont entrecroisés de telle sorte que nous avons créé ce qu'on appelle une rupture Sario. >

– Une quoi ? Une rupture Sario ? C'est quoi, ça ?

< Nous avons ouvert une sorte de petit trou dans l'espace-temps. Et nous avons été aspirés dans le trou en question. >

– Je voudrais entendre ça dans une langue humaine, annonçai-je. Une langue intelligible par nous tous, s'il vous plaît.

– Nous avons été aspirés dans ce temps, Jake, expliqua Cassie. Nous ne sommes pas là où nous voulons être. Et nous ne sommes pas là quand nous voudrions y être.

Je la regardai dans les yeux.

– On est allé en avant, ou en arrière ? On est dans le passé, ou dans le futur ?

< Oui, intervint Ax. Soit c'est l'un. Soit c'est l'autre. >

Loi n° 49-956 du 16 juillet 1949
sur les publications destinées à la jeunesse
ISBN 2-07-051762-4
Dépôt légal : avril 1998
N° d'impression : 42513
Imprimé sur les presses de l'imprimerie Hérissey

84563